Lynne Graham

El contrato del millonario

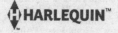

HARLEQUIN™

Editado por Harlequin Ibérica.
Una división de HarperCollins Ibérica, S.A.
Núñez de Balboa, 56
28001 Madrid

I.S.B.N.: 978-84-687-6230-2
Depósito legal: M-16284-2015
Impresión en CPI (Barcelona)
Fecha impresion para Argentina: 8.2.16
Distribuidor exclusivo para España: LOGISTA
Distribuidor para México: CODIPLYRSA
     ʙuidores para Argentina: Interior, DGP, S.A. Alvarado 2118.
     Fed./Buenos Aires y Gran Buenos Aires, VACCARO HNOS.

Capítulo 1

CESARE Sabatino abrió la carpeta que había recibido por mensajero y dejó escapar un gruñido de incredulidad que hizo aún más formidables sus oscuras y atractivas facciones.

En la carpeta, además de un informe, había una foto de una adolescente rubia llamada Cristina y otra de su hermana mayor, Elisabetta. ¿Su padre se había vuelto loco?

Cesare se pasó una mano por el pelo negro, bien cortado.

No tenía tiempo para esas tonterías en medio de su jornada laboral. ¿A qué estaba jugando su padre, Goffredo?

–¿Qué ocurre? –le preguntó Jonathan, su amigo y director del imperio farmacéutico Sabatino.

Como respuesta, Cesare le mostró la carpeta.

–Parece que la locura afecta hasta al que parecía el único cuerdo de mis parientes.

Frunciendo el ceño, Jonathan estudió las fotos.

–La rubia no está mal, pero es un poco joven. La otra, con el gorro de lana, parece un espantapájaros. ¿Cuál es la relación entre una familia de granjeros de Yorkshire y tú?

—Es una larga historia —Cesare dejó escapar un suspiro.

Jonathan se levantó un poco las perneras del bien cortado pantalón antes de tomar asiento.

—¿Interesante?

Cesare hizo una mueca.

—Moderadamente interesante. En los años treinta, mi familia poseía una pequeña isla en el mar Egeo llamada Lionos. La mayoría de mis antepasados por parte de padre están enterrados allí. Mi abuela, Athene, nació allí también, pero cuando su padre se arruinó, Lionos fue vendida a un italiano llamado Geraldo Luccini.

Jonathan se encogió de hombros

—Las fortunas se hacen y se pierden.

—Pero el asunto tomó un giro inesperado cuando el hermano de Athene decidió recuperar la isla casándose con la hija de Luccini y luego decidió dejarla plantada en el altar.

El otro hombre enarcó una ceja.

—Qué bonito.

—Su padre se enfureció de tal modo por el insulto a su hija y su familia que Lionos está eternamente atada al complejísimo testamento de Geraldo Luccini. La isla no puede ser vendida y esas dos jóvenes son las propietarias de Lionos por herencia. La isla solo pasaría de nuevo a manos de mi familia si algún descendiente de mi abuelo contrajese matrimonio con una de ellas y tuviese un heredero.

—No lo dirás en serio —dijo Jonathan, asombrado.

—Hace muchos años, mi padre propuso matrimonio a la madre de esas dos chicas, Francesca, de la que estaba realmente enamorado. Por suerte para él, cuando le propuso matrimonio ella lo rechazó y se casó con un granjero de Yorkshire.

–¿Por qué por suerte para él?

–Francesca no estuvo mucho tiempo con él ni con ninguno de los hombres que hubo después. Goffredo escapó por los pelos –respondió Cesare, sabiendo que su inocente padre no habría podido soportar una esposa infiel.

–¿Entonces por qué te ha enviado tu padre estas fotos y ese informe?

–Está intentando que me interese por el asunto porque quiere reclamar la propiedad de Lionos –respondió Cesare, haciendo una mueca.

–¿Cree que hay alguna posibilidad de convencerte para que te cases con una de esas mujeres? –Jonathan volvió a mirar las fotografías. Ninguna de las dos era una belleza y Cesare tenía fama de ser un conocedor del sexo femenino–. ¿Se ha vuelto loco?

–Es un optimista. Nunca me hace caso cuando le digo que no tengo la menor intención de casarme.

–Como hombre felizmente casado, debo decir que tú te lo pierdes.

Cesare tuvo que contener el deseo de poner los ojos en blanco. Sabía que, a pesar de todo, había matrimonios que funcionaban. El de su padre y su madre, por ejemplo, y evidentemente el de Jonathan también. Pero él no tenía fe en el amor verdadero ni en los finales felices, tal vez porque su primer amor lo había dejado plantado para casarse con un multimillonario, que se refería a sí mismo como «un joven de setenta y cinco años». Serafina había proclamado su amor por los hombres mayores hasta la tumba y, gracias a eso, se había convertido en una mujer muy rica que lo perseguía para retomar la relación desde que enviudó.

Nunca volvería a cometer un error como el que cometió con Serafina. Había sido un error de juventud, pero ya no era tan ignorante sobre la naturaleza del sexo femenino. Nunca había conocido a una mujer a la que su dinero no entusiasmase más que cualquier otra cosa que él pudiese ofrecer. Bueno, sus hermanas, tuvo que reconocer.

Una sonrisa de satisfacción suavizó la dura línea de su expresiva boca cuando pensó en su amante del momento, una preciosa modelo francesa que hacía lo que tuviese que hacer para complacerlo en la cama y fuera de ella.

Y todo sin el compromiso de ponerle un anillo en el dedo. ¿Cómo no iba a gustarle? Él era un amante extremadamente generoso, ¿pero para qué servía el dinero más que para divertirse cuando uno tenía tanto?

La sonrisa de Cesare desapareció cuando llegó a casa esa noche y su mayordomo, Primo, le anunció que tenía una visita inesperada: su padre.

Goffredo estaba en la terraza, admirando la vista panorámica de Londres cuando llegó a su lado.

—¿A qué le debo este honor? —preguntó, burlón.

Su padre, un hombre extrovertido y afectuoso, lo abrazó como si llevaran meses sin verse, aunque se habían visto la semana anterior.

—Tengo que hablar contigo sobre tu abuela.

La sonrisa de Cesare desapareció.

—¿Qué le ocurre a Athene?

Goffredo hizo una mueca.

–Tienen que hacerle un bypass. Con un poco de suerte, eso aliviará un poco la angina de pecho.

Cesare frunció sus cejas de ébano.

–Tiene setenta y cinco años.

–El pronóstico de su recuperación es bueno –dijo su padre–. Por desgracia, el verdadero problema es la visión de mi madre sobre la vida. Cree que es demasiado mayor para entrar en un quirófano, que debe estar agradecida por lo que tiene y no pedir nada más.

–Eso es ridículo. Si es necesario, yo hablaré con ella para hacerla entrar en razón –dijo Cesare, impaciente.

–Tenemos que encontrar algo que la anime, alguna motivación para convencerla de que el estrés de la operación merece la pena.

Cesare hizo una mueca.

–Espero que no estés hablando de Lionos. Eso no es más que un sueño.

Goffredo estudió a su hijo con los labios apretados.

–¿Desde cuándo te has vuelto tan derrotista? ¿Ya no te atreves a enfrentarte a un reto?

–Soy demasiado inteligente como para luchar contra molinos de viento –respondió él, irónico.

–Pero tú tienes imaginación, hijo, eres capaz de encontrar soluciones para todo –insistió su padre–. Los tiempos han cambiado y en lo que se refiere a la isla tú tienes un poder que yo nunca tuve.

Cesare suspiró, deseando haberse quedado en la oficina, donde regían la calma y la autodisciplina, los fundamentos de su vida.

–¿Y cuál es ese poder? –le preguntó.

–Eres increíblemente rico y las propietarias de la isla son pobres.

–Pero el testamento es intocable.

–El dinero puede convencer a la gente –razonó su padre–. Tú no quieres casarte y seguramente tampoco lo desean las hijas de Francesca siendo tan jóvenes. ¿Por qué no podrías llegar a un acuerdo con una de ellas?

Cesare sacudió su arrogante cabeza.

–Me estás pidiendo que llegue a un acuerdo fuera del testamento.

–El testamento es controlado por un abogado de Roma, no nos lo podemos saltar, pero si te casas con una de esas chicas tendrás derecho a visitar la isla y, lo que es más importante, podrás llevar allí a tu abuela –siguió Goffredo, como esperando impresionar a su hijo con tal revelación.

En lugar de eso, Cesare dejó escapar un suspiro de impaciencia.

–¿Y para qué serviría eso? No son derechos de propiedad, no habría recuperado la isla para la familia.

–Incluso una simple visita después de tantos años sería una fuente de alegría para tu abuela –dijo Goffredo, con tono de reproche.

–¿Visitar la isla no va en contra de los términos del testamento?

–No si contrajeses matrimonio con una de las descendientes de Luccini. Si quisiéramos visitarla sin esa seguridad, las hijas de Francesca perderían la isla, que pasaría a manos del gobierno.

–Y eso solo complacería al gobierno –asintió Cesare–. ¿De verdad crees que una visita a la isla significaría tanto para la abuela?

–¿Visitar la tumba de sus padres, ver la casa en la que nació y donde se casó y vivió con su marido durante años? Tu abuela tiene muchos buenos recuerdos de Lionos.

–¿Una sola visita la satisfaría? Yo creo que siempre ha soñado con vivir allí y eso está fuera de la cuestión porque haría falta un heredero para cumplir con los términos del testamento y garantizarnos el derecho de volver a echar raíces en la isla.

–Pero hay muchas posibilidades de que esa cláusula se pueda discutir en los tribunales ya que es poco razonable –razonó Goffredo.

–Lo dudo. Podríamos tardar años y gastarnos una fortuna. Tendríamos en contra a un ejército de abogados del gobierno –dijo Cesare–. No, esa no es una opción. ¿Y qué mujer va a casarse y a tener un hijo conmigo a cambio de una isla prácticamente deshabitada?

Goffredo suspiró entonces.

–Pero tú eres un buen partido, hijo. ¡*Madre di Dio*, si llevas quitándote mujeres de encima desde que eras adolescente!

Cesare lo miró, burlón.

–¿Y no crees que sería inmoral concebir un hijo con ese propósito?

–No estoy sugiriendo que llegues tan lejos –replicó Goffredo, muy digno.

–Pero no podría reclamar la isla para la familia sin ir tan lejos –insistió Cesare–. Y si no puedo comprarla ni ganar más que una visita, ¿para qué voy a intentar sobornar a una extraña?

–No sería un soborno, sería un acuerdo.

–Un acuerdo matrimonial. No, lo siento.

–¿Esa es tu última palabra? –le preguntó su padre, muy serio.

–Yo soy un hombre práctico –murmuró Cesare–. Si viera alguna posibilidad de recuperar la isla estaría dispuesto a hacerlo, pero no la veo.

Su padre lo miró, con los labios apretados en un gesto adusto.

–Podrías hablar con las hijas de Francesca para ver si podemos encontrar una solución. Al menos podrías intentarlo.

Cuando Goffredo se marchó, Cesare dejó escapar un largo suspiro de frustración. Su padre era un hombre temperamental que se dejaba llevar por los sentimientos. Tenía buenas ideas, pero no se le daba tan bien lidiar con los problemas. Él, por otro lado, jamás dejaba que las emociones nublaran su buen juicio y rara vez se emocionaba por nada.

Aun así, le preocupaba la operación que necesitaba su abuela y su falta de interés por pasar por el quirófano. En su opinión, seguramente Athene estaba convencida de que la vida ya no iba a depararle nada bueno y un poco asustada por la operación. Su abuela era una mujer tan fuerte y valiente que la gente no solía ver que tenía sus miedos y sus debilidades como todos los demás.

Su propia madre había muerto el día que él nació y la madre griega de su padre, Athene, había acudido al rescate de su hijo viudo. Mientras Goffredo lloraba la muerte de su esposa y luchaba para levantar su negocio, Athene se había hecho cargo de Cesare. Incluso antes de ir al colegio jugaba al ajedrez, sabía leer y resolvía problemas matemáticos.

Su abuela había reconocido enseguida que su nieto era un prodigio, pero a ella no le intimidaba su alto cociente intelectual y le había dado todas las oportunidades para florecer y desarrollarse a su propio ritmo. Cesare le debía mucho a su abuela y seguía siendo la única mujer en el mundo a la que de verdad quería. Pero él no era una persona emotiva y nunca había sido capaz de entender o sentirse cómodo con personas extrovertidas.

Era astuto, serio y rígido en todos los aspectos de su vida y, sin embargo, su abuela era ese punto débil que no admitiría ante nadie.

Un acuerdo beneficioso para los dos, pensaba Cesare, mirando las fotos de nuevo. Con la adolescente sería imposible, pero la otra joven, la del gorro de lana y el viejo abrigo...

¿Podría rebajarse a sí mismo casándose con una desconocida solo para recuperar la propiedad de la isla? Él era un hombre conservador y difícil de complacer, pero si el premio era lo bastante interesante... ¿podría llegar a un compromiso por su abuela?

Cesare contempló la sorprendente idea de casarse y, de inmediato, hizo una mueca de disgusto ante la amenaza de verse forzado a vivir con otro ser humano.

–¡Tenías que haber llevado a Hero al pueblo cuando te dije! –exclamó Brian Whitaker, disgustado–. En lugar de eso lo has tenido comiendo todo el día en el establo. ¿Cómo vamos a pagar el pienso, con lo que cuesta? Hay que deshacerse de ese caballo.

–Chrissie quiere mucho a Hero. Volverá de la universidad la semana que viene y quería darle la oportunidad de despedirse –Lizzie hablaba en voz baja para no enfadar más a su irascible padre, que se agarraba al respaldo de la silla con manos temblorosas, el síntoma más visible de la enfermedad de Parkinson que había destrozado a un hombre antes tan fuerte.

–Y si haces eso llorará, gritará e intentará convencerte para que no te deshagas de él. ¿Y qué vamos a hacer? Intentaste venderlo y nadie quiso comprarlo –le recordó su padre, impaciente–. ¡No sabes llevar una granja Lizzie!

–Puede que alguien quiera quedarse con él. Hay granjas en las que adoptan animales viejos, papá.

–¿Cómo esperas pagar las facturas? –exclamó Brian, despreciativo–. Chrissie debería estar en casa ayudándote, no perdiendo el tiempo en la universidad.

Lizzie apretó los labios, disgustada ante la idea de que su hermana menor tuviera que sacrificar su educación para ayudarla. La granja era una ruina, pero llevaba siéndolo mucho tiempo. Desgraciadamente, su padre nunca había aprobado el deseo de Chrissie de ir a la universidad. Su mundo no iba más allá de los lindes de la granja y tenía poco interés en nada más. Lizzie casi lo entendía porque su propio mundo se había visto reducido cuando dejó el instituto a los dieciséis años.

Pero ella adoraba a su hermana pequeña, a la que

había intentado proteger desde niña, y estaba dispuesta a soportar a su padre si de ese modo Chrissie tenía las oportunidades que a ella le habían sido negadas. De hecho, se sintió tan orgullosa como si fuera su madre cuando consiguió plaza en Oxford para estudiar Literatura. Aunque la echaba de menos, no desearía esa vida de trabajo y aislamiento para nadie y menos para alguien a quien quería tanto.

Mientras volvía a ponerse las botas llenas de barro, un perro pequeño de pelo rizado la esperaba en la puerta con el plato de comida en la boca.

—Ay, lo siento, Archie... me había olvidado de ti —Lizzie suspiró, quitándose las botas de nuevo para volver a la cocina y llenar el plato.

Mientras hacía una lista de las muchas tareas que aún tenía por delante vio a su padre mirando un partido de futbol en televisión y suspiró, aliviada. El fútbol haría que olvidase sus dolores durante un rato y lo pondría de mejor humor.

Su padre era un hombre difícil, pero su vida había sido siempre complicada. En su caso, el trabajo duro y el compromiso con la granja no habían servido de nada.

Había tenido que hacerse cargo de la granja siendo muy joven, siempre trabajando solo. Su difunta madre, Francesca, solo había aguantado un par de años allí antes de irse con otro hombre.

Amargado por el divorcio, Brian Whitaker no había vuelto a casarse. Cuando Lizzie tenía doce años, Francesca había muerto de forma repentina y su padre se había hecho cargo de dos hijas que eran prácticamente extrañas para él. Hizo lo que pudo, aunque aprovechando siempre que podía la oportunidad de recordarle a Lizzie que nunca sería el hijo fuerte y capaz que él había soñado y necesitaba para llevar la granja. Apenas había cumplido los cincuenta años cuando le diagnosticaron la enfermedad de Parkinson, que le impedía hacer el duro trabajo físico de la granja.

Lizzie sabía que era una decepción para él, pero estaba acostumbrada a decepcionar a la gente. Su madre había querido una hija más alegre, pero ella era tímida. Su padre había querido un hijo, no una hija. Incluso su prometido la había dejado por otra mujer. Tristemente, Lizzie se había acostumbrado a no estar a la altura de las expectativas de los demás y a hacer el trabajo sin pensar en sus propias limitaciones.

Empezó el día con la tarea de dar el pienso a las gallinas y recoger los huevos. Luego le había dado la comida a Hero, cuyo pienso tenía que comprar con el dinero que ganaba trabajando los sábados por la noche en el pub del pueblo. En casa no ganaba nada. ¿Cómo iba a pedir dinero cuando el descubierto en el banco era mayor cada semana? Las facturas, el pienso, la gasolina... ya no les quedaba nada y cada día temía recibir otra carta del banco.

Cargó el tanque del tractor para regar el prado antes de que su padre se quejase de lo lenta que iba con el calendario de primavera y se colocó tras el volante, con Archie a su lado. El pobre seguía llevando el collar de cuero con el que lo encontró en el campo, medio muerto de hambre, sucio y herido. Seguramente alguien se había deshecho de él tirándolo desde un coche, pero sospechaba, por el collar y por su actitud, que en algún momento había sido una mascota querida, posiblemente abandonada porque su propietario había fallecido o algo así.

Su viejo perro pastor, Shep, le había enseñado a trabajar con las ovejas y Archie había demostrado un talento sorprendente para aprender, de modo que cuando Shep murió incluso su padre había tenido que admitir que Archie podría ser útil en la granja. Lizzie, por otro lado, lo adoraba. El perro se tumbaba a sus pies por las noches y dejaba que lo acariciase cuando estaba triste...

Estaba volviendo a casa para rellenar el tanque cuando vio un coche largo, brillante y negro en la carretera que llevaba a la granja. Lizzie frunció el ceño, sorprendida. No podía imaginar quién iría con un coche tan caro a comprar huevos de granja.

Aparcando el tractor tras la verja, bajó de un salto con Archie bajo el brazo y se inclinó para dejar al animal en el suelo.

Esa fue la primera imagen de Lizzie para Cesare. Aunque vestía como si fuera un peon, tenía una piel traslúcida, como fina porcelana, y unos ojos de color jade. Y, por alguna razón, tuvo que hacer un esfuerzo para respirar.

El chófer bajó del coche... para ser atacado por lo que parecía un perro rabioso, pero que de cerca no era más que un chucho peludo de patas cortas. La mujer sujetó al animal y, antes de que el chófer pudiese abrirle la puerta, Cesare saltó del coche. De inmediato, el olor de la granja asaltó sus fosas nasales y tuvo que contener el aliento.

Cuando su padre le contó que la familia Whitaker era pobre no estaba de broma. La granja no se parecía nada a la casita pintoresca con rosas alrededor de la puerta que había imaginado. El canalón del agua estaba descolgado, había que cambiar todas las ventanas y la pintura de la puerta se había pelado años antes.

–¿Se ha perdido? –preguntó Lizzie al hombre alto y moreno que había salido del coche.

Cesare, de inmediato, se fijó en sus labios rojos. Eran tres inesperados extras seguidos, tuvo que reconocer. Elisabettta Whitaker tenía una piel perfecta, unos ojos preciosos y una boca que hacía a un hombre pensar en el pecado... y él tenía pocas inhibiciones cuando se trataba del sexo. Era un hombre de sangre caliente y la necesidad de mantener relaciones sexuales de manera regular le parecía una debilidad, tuvo que reconocer.

–¿Perderme? No, no –respondió, desconcertado por sus propios pensamientos, anatema para su autodisciplina.

Elisabetta Whitaker debía medir menos de metro sesenta y parecía esbelta bajo una horrible chaqueta verde y un mono de trabajo. El gorro de lana ocultaba su pelo y hacía que sus ojos pareciesen enormes mientras lo miraba como si hubiera salido de un platillo volante.

Una mirada al extraño y Lizzie se había quedado con la boca abierta. Era sencillamente imponente, desde el brillante pelo negro hasta el fuerte mentón masculino o los ojos de color bronce. En realidad, nunca había visto a un hombre tan atractivo en su vida y ese pensamiento tan desconcertante la dejó sin habla.

–Pensé que se había perdido –consiguió decir, haciendo un esfuerzo para llevar oxígeno a sus pulmones mientras él la miraba con esos ojos que, a la luz del sol, parecían de un glorioso color dorado. Durante un segundo, sintió como si estuviera ahogándose y sacudió la cabeza, intentando pensar con claridad.

–No, no me he perdido. ¿Esta es la granja Whitaker?

–Sí, lo es. Y yo soy Lizzie Whitaker.

Solo los británicos podían acortar un nombre tan bonito como Elisabetta y convertirlo en algo tan común, pensó Cesare, irritado.

–Soy Cesare Sabatino.

–Perdone, no le he entendido bien.

–¿No habla italiano?

–Alguna palabra, no mucho. ¿Es usted italiano? –le preguntó Lizzie, sorprendida. ¿Por qué le preguntaba eso? ¿Sabía que su madre era italiana?

Francesca había querido que sus hijas crecieran hablando los dos idiomas, pero Brian Whitaker se había opuesto con vehemencia en cuanto las niñas empezaron a usar palabras que él no podía entender.

–Sí, soy italiano –le confirmó él, metiendo una mano grande y morena en el bolsillo del caro abrigo para sacar una tarjeta. La extraordinaria gracia de sus movimientos llamaba tanto su atención que Lizzie tuvo que hacer un esfuerzo para mirar la tarjeta que le ofrecía.

–Su nombre es Cesar –murmuró.

–No, César no. No estamos en la antigua Roma.

Mi nombre es Cesare –la corrigió él, acentuando cada sílaba con su exótico acento.

–Cesare–repitió Lizzie, pensando que con ese aspecto le pegaría más César–. ¿Y por qué está aquí?

Cesare carraspeó, molesto por esa actitud tan directa. Él no permitía que nadie lo empujase y, como si el perro hubiese notado su estado de ánimo, empezó a gruñir.

–Deberíamos hablar en su casa, no aquí.

Sorprendida por el efecto que ejercía en ella y enfadada por su actitud autoritaria, Lizzie levantó la barbilla.

–¿No podemos hablar aquí? Estoy trabajando.

Él se acercó un poco más y cuando el perro lanzó un ladrido de advertencia y enganchó su abrigo de cachemir con los dientes Cesare fulminó al animal con la mirada.

–¡Archie, no! –gritó Lizzie–. Perdone, es muy protector conmigo.

Archie no dejaba de tirar del abrigo y Cesare, suspirando, intentó ignorar el canino asalto.

–Ya lo veo.

–¡Por favor, Archie! –volvió a gritar Lizzie, inclinándose para apartar al perro. Había rasgado un poco la tela, pero rezó para que él no se diera cuenta.

Fuera quien fuera, la ropa de Cesare Sabatino era muy cara y parecía hecha a medida. Llevaba un traje de chaqueta negro bajo el abrigo y unos zapatos brillantes que parecían italianos... y que se había manchado de barro. Parecía un empresario, un hombre de negocio, un magnate. ¿Qué hacía un hombre así en su granja?

–¿Es usted del banco? –le preguntó entonces, asustada.

–No, soy empresario.

–¿Ha venido a ver a mi padre?

–No, he venido a verla a usted –respondió él mientras Lizzie apretaba al perro contra su pecho.

–¿A mí? –repitió ella, sorprendida, sus ojos encontrándose con unos ojos que brillaban como el oro, destacados por las largas pestañas negras. Bajo la ropa, sus pezones se endurecieron y sintió una oleada de calor entre las piernas que la hizo sentir extremadamente incómoda–. ¿Por qué quería verme a mí?

–Tenemos que hablar.

–Muy bien, vamos dentro. Pero le advierto que la casa no está precisamente para recibir a nadie.

Lizzie se quitó las botas y abrió la puerta de la desastrada cocina.

Cesare hizo una mueca de disgusto al ver los platos sin fregar y los restos de una comida aún sobre la mesa. Desde luego, no se casaría con ella por su talento como ama de cama, pensó mientras el perro se metía bajo la mesa para seguir gruñendo y su dueña se quitaba la chaqueta y el gorro de lana antes de apartar una silla para él.

–¿Café o té?

Cesare no podía dejar de mirar el pelo rubio ceniza que, liberado del gorro, caía en cascada sobre sus hombros. Era precioso a pesar de las puntas de color castaño que arruinaban el efecto. Teñido, pensó. ¿Pero por qué?

–Café –respondió, sintiendo que estaba siendo valiente y amable en aquella vieja cocina que no cumplía los requisitos higiénicos a los que él estaba acostumbrado.

Se quitó el abrigo y lo dejó sobre el respaldo de una silla mientras Lizzie ponía la tetera al fuego en una vieja cocina de carbón, mirando a su invitado de reojo.

Parecía un modelo tanto como un empresario. Y para una mujer acostumbrada a los hombres con ropa de trabajo era un ser fantástico. Era muy atractivo en todos los sentidos y Lizzie tenía que hacer un esfuerzo para apartar la mirada de tan poderosa figura.

Era un empresario, le había dicho. Un hombre frío, arrogante, calculador, dispuesto a cualquier cosa por ganar dinero. Los sentimientos no debían tener la menor importancia para él.

–¿Papá? –lo llamó, acercándose a la puerta del salón–. Tenemos una visita. ¿Quieres un té?

–¿Una visita? –Brian Whitaker se levantó del sillón y entró en la cocina con paso vacilante.

Lizzie sacó dos tazas del armario mientras los dos hombres se presentaban.

–He venido por la isla que Lizzie y su hermana heredaron de su difunta esposa –explicó Cesare.

Un silencio atónito siguió a esa explicación. Lizzie lo estudió con los ojos muy abiertos mientras su padre lo miraba con el ceño fruncido.

–Menuda basura de herencia, una broma –dijo por fin Brian Whitaker, sin disimular su amargura–. Se supone que una herencia debe servir para algo, pero si no puedes usarla ni venderla no vale para nada. ¿Para eso ha venido? ¿Otro tonto buscando el caldero de oro?

–¡Papá! –exclamó Lizzie, consternada.

Debería haber adivinado para qué había ido a visitarlos el italiano y se regaño a sí misma por no haber hecho inmediatamente la conexión entre el hombre de nacionalidad italiana y el legado que habían recibido de su madre, una isla que no podían vender y que había sido una fuente de amargura, sobre todo desde que empezó a faltar el dinero.

Lizzie apartó la tetera del fuego y preparó café y té mientras se preguntaba qué querría conseguir Cesare Sabatino con esa visita.

–Te llevaré el té al salón, papá –sugirió, para evitar que su padre siguiera ofendiendo al recién llegado.

Brian Whitaker miró el rostro impasible del italiano, aparentemente contento de haber dicho lo que pensaba.

–Muy bien, te dejo con él. Después de todo, la única razón por la que ha podido venir hasta aquí es para cortejarte –Brian Whitaker terminó su ofensa con una risotada que avergonzó a Lizzie–. ¡Pues buena suerte! Su novio la dejó hace un par de años y no ha salido con nadie desde entonces.

Capítulo 2

LIZZIE quería que se la tragase la tierra. Ser humillada por su padre delante de un extraño era más doloroso que sus desdeñosos comentarios o las miradas de compasión de la gente del pueblo, que sabían de su compromiso roto con Andrew Brook dos años antes. Un mes después de romper con ella, Andrew se había casado con Esther, que estaba embarazada.

Lizzie tuvo que hacer un esfuerzo para contenerse mientras preparaba el té y el café, pero sacó fuerzas de flaqueza para preguntarle al extraño si quería azúcar.

–Sí, gracias.

Cesare admiraba su cintura estrecha y las esbeltas curvas bajo el mono de trabajo. Su padre había sido cruel al hacer ese comentario delante de él. ¿No había vuelto a salir con nadie? Lo sorprendía porque, a pesar de esa ropa tan poco favorecedora, Cesare había reconocido inmediatamente que era una belleza, un diamante en bruto. Tal vez no una belleza convencional, no la clase de belleza a la que él estaba acostumbrado, pero desde luego era una chica muy guapa. ¿Qué le pasaba a los hombres del pueblo?

–Disculpe a mi padre –dijo ella, mientras dejaba la

taza de café sobre la mesa. Cuando se acercó un poco más para ofrecerle el azucarero y le llegó el aroma de su colonia masculina sintió un calor en la entrepierna... nunca había sentido algo así, nunca nadie la había hecho sentir tan incómoda en su propia casa.

–No tienes que pedir disculpas, *cara* –dijo Cesare, tuteándola por primera vez.

Lizzie suspiró.

–Mis padres no querían esa herencia y yo nunca pienso en ella. Desgraciadamente, la isla no nos sirve de nada.

–¿Has estado alguna vez en Lionos?

–No, nunca he tenido la oportunidad. Mi madre fue una vez con uno de sus novios y se quedó allí una semana, pero creo que no le gustó mucho –le contó Lizzie mientras admiraba su rostro de altos pómulos, nariz recta y esos ojos como bronce derretido–. Creo que ella esperaba un sitio lujoso, pero la casa era más bien humilde.

–Hay un matrimonio que se encarga de cuidar la propiedad, ¿no?

Lizzie inclinó a un lado la cabeza, un poco más tranquila al ver que no hacía ningún comentario sobre lo que había dicho su padre.

Cesare miraba esos ojos de color verde jade, enmarcados por largas pestañas de color castaño. De repente, sintió un pulso latiendo en su entrepierna y tuvo que erguir los hombros para intentar controlarse.

–El fideicomiso solo cubre el mantenimiento básico y creo que la casa es de los años treinta. Mi madre pensaba que ese matrimonio cocinaría y limpiaría por ellos, pero le dijeron que no eran criados y que eso tenía que hacerlo ella misma –le explicó Lizzie–. En fin, que tenían que pagar a alguien para que les llevase comida y limpiase un poco.

–Naturalmente, querrás saber qué hago aquí –dijo Cesare.

–Bueno, estoy segura de que no ha venido a cortejarme –intentó bromear ella, aunque sin poder disimular su incomodidad.

–No en el sentido convencional –asintió Cesare, tomando la taza de café. Sabía horrible, pero no iba a quejarse. Era evidente que tenía que esforzarse para mantener la granja a flote ella sola. Lizzie estaba apoyada en la encimera, con los brazos cruzados en un gesto defensivo, intentando parecer relajada, pero visiblemente tensa–. Pero creo que podríamos llegar a un acuerdo económico.

Lizzie frunció el ceño. Estaba mirando su rostro con tanta atención que no había entendido bien la frase.

–¿Cómo ha dicho?

–Tutéame, por favor –dijo Cesare–. Evidentemente, como copropietaria de la isla, tendrás que consultarlo con tu hermana, pero estoy dispuesto a ofrecer una suma de dinero para que contraigas matrimonio conmigo.

Lizzie parpadeó varias veces, atónita. Inexplicablemente, su fría sofisticación hacía que la fantástica proposición casi pareciese aceptable.

–¿Hablas en serio?

–Sí.

–¿Contraer matrimonio?

–Me refiero solo a un acuerdo beneficioso para los dos, no sería un matrimonio real.

–¿Y qué sacarías tú con eso?

Cesare le habló de su abuela, de su amor por la isla y su próxima operación quirúrgica. Mientras escuchaba, Lizzie asentía con la cabeza, extrañamente conmovida por el tono cariñoso que utilizaba al hablar de su abuela. Eso la hizo pensar que no era tan frío como quería aparentar, pero estaba claro que se sentía incómodo mostrando sus emociones.

–¿Y eso no sería ilegal? El testamento es muy claro –le dijo.

–Solo lo sabríamos tú y yo. Aunque, para cubrir las apariencias, tendríamos que fingir que el matrimonio es real durante al menos unos meses.

–Pero en el testamento dice claramente que tiene que haber un heredero –insistió ella.

–Que eso forme parte de nuestro acuerdo o no, depende de ti. Te pagaré generosamente por el derecho de llevar a mi abuela a la isla. Y si cumplimos con los términos del testamento, tu hermana y tú ganaríais millones de libras por venderme la isla –dijo Cesare–. Soy un hombre muy rico y pagaré lo que haga falta para que esa isla vuelva a ser de mi familia.

¿Había dicho millones? Lizzie tragó saliva mientras miraba los dedos largos y morenos que sujetaban la taza de café.

Durante un segundo vio todos sus sueños y esperanzas cumplidos. Chrissie y ella podrían comprarle una casa a su padre en el pueblo, donde podría ir al pub con sus amigos. Su hermana podría dejar de trabajar y concentrarse en los estudios. Y, liberada de la carga de la granja, ella podría hacer algún curso, prepararse para algún trabajo que le gustase. Archie tendría un nuevo collar y comer el mejor pienso del mercado...

De repente, se dio cuenta de que era un sueño absurdo y se puso colorada. Era como soñar que le había tocado la lotería.

–Yo no podría tener un hijo con un extraño ni traer un niño al mundo con ese propósito –le confesó–. Pero si te sirve de consuelo, por un minuto he deseado ser esa clase de persona.

–Piénsalo –convencido de que la posibilidad de conseguir dinero había hecho que prestase atención, Cesare se levantó y dejó la tarjeta sobre la mesa–. Ahí están mis teléfonos. Puedes ponerte en contacto conmigo cuando quieras.

Era altísimo, con esos hombros tan anchos...

–Sí, bueno, hay mucho que pensar –murmuró ella.

Cesare la miró, sus oscuros ojos brillando a la luz del sol que entraba por la ventana.

–Hay dos opciones y cualquiera de ella te aportaría beneficios.

–Desde luego, hablas como un hombre de negocios –comentó Lizzie, avergonzada por haber caído en ese mundo de fantasía durante un segundo.

¿Podría ser tan fácil que una persona decente se convirtiera en una mercenaria?, se preguntó.

–Estoy intentando negociar un acuerdo –replicó él.

–¿Fue tu padre quien una vez le pidió a mi madre que se casara con él o era otro miembro de su familia?

Cesare, que estaba a punto de salir, se detuvo.

–Fue mi padre. Se enamoró de tu madre y estuvieron comprometidos durante un tiempo, pero después de conocer a tu padre, Francesca lo prefirió a él.

Su madre había sido una mujer cambiante en sus afectos y eso era algo que no podía negar. Cada hombre que aparecía era el amor de su vida... hasta que revelaba su auténtico carácter o cualquier otro llamaba su atención. Francesca siempre había ido de uno a otro sin mirar atrás, sin esforzarse para hacer que una relación funcionase o considerar el precio para las vidas de sus dos hijas.

—Me temo que no soy un hombre sentimental. Al contrario, soy una persona muy práctica —dijo Cesare—. ¿Por qué no vas a recibir dinero por una herencia que no te sirve para nada?

—Porque no me parece bien —respondió Lizzie, insegura—. No es lo que mi bisabuelo pretendía cuando redactó ese testamento.

—No, él quería vengarse porque el hermano de mi abuelo dejó a su hija plantada en el altar. Mi tío abuelo hizo mal, pero dejar la isla en un limbo legal solo para evitar que pasara a manos de mi familia es injustificable —replicó Cesare—. Lleva así casi ochenta años, pero yo creo que podemos cambiarlo.

—No había pensado en ello —admitió Lizzie, conteniendo el deseo de confesar que la isla seguía pareciéndole tan poco real como la fábula del caldero de oro que su padre había mencionado.

Cesare sonrió de repente, divertido por su sinceridad y su falta de pretensiones.

Y era una sonrisa preciosa que iluminaba su hermoso rostro. Le gustaría tanto tocarlo que, desconcertada, tuvo que apretar los puños para contenerse.

Se sentía profundamente turbada por el efecto que aquel hombre ejercía en ella. Temía sentir una atracción física tan poderosa. Nadie sabía mejor que la hija de Francesca Whitaker lo peligroso que era dejarse llevar por los sentidos. Eso era lo que había empujado a su madre a pasar de una desastrosa relación a otra.

En el silencio, los preciosos ojos oscuros rodeados de sedosas pestañas sostenían los suyos y Lizzie se estremeció, luchando contra una reacción que nunca había experimentado antes.

–Mi oferta sigue sobre la mesa y estoy dispuesto a negociar contigo. Háblalo con tu hermana y tu padre, pero diles que es un asunto confidencial –le aconsejó Cesare, mirando sus labios y preguntándose cómo sabrían–. Podemos llegar hasta el final con esto... te encuentro interesante.

Y después de hacer ese comentario tan inquietante, Cesare Sabatino se dio la vuelta, salió de la cocina y volvió a subir a la limusina que lo esperaba. El chófer se apresuró a abrirle la puerta y él inclinó su poderosa cabeza antes de entrar.

¿Interesante? Lizzie se miró en el espejo de la pared. ¿Estaba diciendo que podría irse a la cama con ella y concebir un hijo si quería? ¿Eso era lo que había querido decir? La idea hizo que se pusiera colorada hasta la raíz del pelo. Pues muy bien, ella no estaba dispuesta a hacerlo porque conocía la diferencia entre el bien y el mal. Sabía que el dinero no siempre daba la felicidad y que normalmente un hijo era más feliz viviendo con un padre y una madre.

Y, sin embargo, el bebé que había visto en brazos

de su exprometido después del bautizo le había roto
el corazón más que su infidelidad. Lizzie siempre había querido tener un hijo. Cuando Andrew la dejó por
Esther, había envidiado a su hijo, no a su marido.

¿Qué decía eso de ella? ¿Que era frígida, como le
había dicho Andrew una vez?

Lizzie hizo una mueca de dolor. Que Andrew la
hubiese dejado para casarse con Esther hacía que se
sintiera inferior a otras mujeres. Sabía que al elegir a
Esther, Andrew había tomado la decisión correcta
por los dos y, sin embargo, a su manera lo había querido.

Sus ojos se llenaron de lágrimas y, sin darse cuenta,
empezó a jugar con las puntas de su pelo, donde aún
quedaba tinte oscuro. Andrew la había convencido
para que se lo tiñera y estaba desapareciendo a medida
que le crecía el pelo, pero era un recuerdo de lo tonta
que podía ser una mujer cuando intentaba cambiar
para complacer a un hombre.

¿Pero de dónde salía ese poderoso instinto mater-
nal? Desde luego no de su madre, que siempre había
concentrado todas sus energías en el hombre del momento. No le había sorprendido que hubiese dejado
al padre de Cesare para casarse con su padre.

Los inviernos de Yorkshire y la dura vida en la
granja habían empañado el atractivo de Brian Whitaker para su madre y unas semanas después del na-
cimiento de Chrissie, Francesca había huido con un
hombre que resultó ser un alcohólico. Su sucesor había estado más interesado en gastarse la herencia que
Francesca había recibido de sus padres italianos que
en la propia Francesca. Su tercer amante había sido

infiel y el cuarto, que se casó con ella, un hombre violento.

Para Lizzie siempre había sido difícil confiar en un hombre después de soportar las relaciones destructivas de su madre. Había tenido que luchar para proteger a su hermana, cinco años menor que ella, de los continuos cambios de casa, de colegio, intentando que al menos Chrissie tuviese una infancia feliz y no se viera obligada a crecer tan rápido como lo había hecho ella. Casi todos los momentos felices de su vida tenían a Chrissie como protagonista y Lizzie contaba con el consuelo de saber que su cariño y su atención habían dado frutos.

Cuando Chrissie se marchó a la universidad había dejado un gran vacío en su vida. Aunque Archie había llenado parcialmente ese vacío... una realidad que la hizo intentar olvidarse de todo y concentrarse en las tareas pendientes, que era lo que importaba de verdad.

—¡Cásate con él y deja de darle vueltas! —le gritó Brian Whitaker a su hija—. No tenemos elección. Ya no podemos pagar el alquiler y el banco está a punto de pedirnos la devolución del préstamo.

—No es tan sencillo, papá —empezó a decir Lizzie.

Pero su padre no quería escucharla. No había escuchado una sola palabra desde que llegó la última carta del banco con su letal advertencia.

—Lo sencillo sería que te hubieras casado con Andrew. Él se habría encargado de pagar el alquiler y yo podría seguir viviendo aquí. ¡Pero tú tenías que estropearlo dándole largas!

—Quería conocerlo mejor, no hacer las cosas a toda prisa. Quería que nuestro matrimonio durase —protestó Lizzie.

—Pues tú misma lo echaste en brazos de Esther. Andrew era nuestra única oportunidad de mantener este sitio a flote y tú la tiraste por la ventana —la acusó su padre—. Y ahora inventas razones por las que no puedes casarte con ese hombre y tener un hijo para mejorar nuestras vidas.

—No es una decisión que se pueda tomar a la ligera —Lizzie salió al patio, con Archie pisándole los talones. Había pasado una semana desde la visita de Cesare Sabatino y su padre no dejaba de insistir en que aceptase su proposición.

Con un poco de suerte su hermana no opinaría lo mismo, pensaba mientras iba a buscar a Chrissie a la estación en el viejo Land Rover. Le había hablado de la visita de Cesare por teléfono y su hermana le había dicho que hiciera lo que le dictase su conciencia sin hacerle caso a su padre.

Pero aquello estaba siendo más difícil de lo que había esperado, tuvo que reconocer. Los obstáculos eran insuperables. No podían seguir pagando el alquiler de la granja. Ni siquiera tendrían dinero para comer si el banco exigía la devolución del préstamo porque su padre no tenía ahorros.

Sí, uno debía hacer lo que le dictase la conciencia, pensó Lizzie, angustiada, ¿pero de qué servía la conciencia cuando los problemas económicos eran tan graves?

Tristemente, el estrés de los problemas económicos, las constantes discusiones y la angustia que le producían estaba robándole la alegría de volver a ver a su hermana y tenerla en casa durante un par de días. Chrissie, con su pelo rubio sujeto en una sensata coleta, los ojos azules brillantes de afecto, estaba en la estación, con dos maletas a su lado y una mochila al hombro.

—Te has traído todo el equipaje —dijo Lizzie después de darle un abrazo—. ¿Por qué si aún no han terminado las clases?

—Te he echado tanto de menos —le confesó su hermana—. Y voy a volver a preguntártelo: ¿por qué sigues teniendo esas mechas horribles?

—No he tenido tiempo para ir a la peluquería... ni dinero —respondió Lizzie, tomando una de las maletas para dirigirse al Land Rover.

—Sigues castigándote a ti misma por no haberte casado con Andrew.

—¿Ahora enseñan psicología en las clases de literatura? —bromeó Lizzie—. Ah, por cierto, te advierto que papá está en pie de guerra.

—Quiere que te cases con ese italiano y nos hagas ricos, ¿verdad? —Chrissie suspiró—. Pobre papá, es un dinosaurio. Intentó presionarte para que te casaras con Andrew y ahora intenta convencerte para que te cases con un extraño por esa estúpida isla que no vale para nada. Bueno, pues no tienes que preocuparte, yo no voy a presionarte para que lo hagas. Hemos vivido toda la vida sin dinero y lo que uno no tiene no puede echarlo de menos.

A pesar del estrés, Lizzie consiguió esbozar una

sonrisa. Después de soportar los reproches de su padre, Chrissie, con su actitud positiva, siempre era como un rayo de sol.

–Tienes razón –murmuró.

Pero su hermana pequeña no conocía la realidad de la situación. Chrissie siempre había sido una soñadora, la más creativa de las dos, llena de ideales románticos.

De hecho, mientras veía a Chrissie acariciar al viejo caballo, Hero, y darle una manzana se le encogió el corazón al recordar la tendencia de su hermana de ver siempre el lado bueno de las cosas, aunque no lo hubiera por ningún lado. ¿No se daba cuenta de que si perdían la casa Hero sería uno de los primeros sacrificados?

–Tengo una sorpresa para ti –dijo Chrissie mientras la ayudaba a sacar las maletas del Land Rover–. No voy a volver a Oxford, me quedo aquí, contigo.

Lizzie la miró, incrédula.

–¿De qué estás hablando?

–He dejado la universidad... he decidido volver a casa –respondió su hermana, con expresión decidida–. No puedo seguir estudiando, Lizzie.

–¿Pero por qué?

–Incluso con los dos trabajos y el préstamo universitario estoy en número rojos. No me da ni para comer y estoy harta. Además, sé que tú necesitas ayuda en la granja y ya soy mayor, es hora de que eche una mano.

La sorpresa de Lizzie fue mayúscula. Aunque echaba de menos a su hermana, lo último que quería era que Chrissie echase por tierra su educación para vegetar allí. Además, era posible que en un mes ni siquiera tuvieran una casa en la que vivir.

–No sabía que lo estuvieras pasando tan mal.

–No quería que te preocupases –dijo Chrissie–. Y no sabía que el coste de la vida fuese tan alto. No puedo trabajar más horas y ya he recibido una advertencia de mi tutor sobre mis exámenes... estoy tan cansada que me quedo dormida en las clases.

Y fue en ese momento cuando Lizzie tomó una decisión.

Todo era un desastre, pero ella podía hacer algo. ¿Cómo iba a quedarse de brazos cruzados cuando su familia podría quedar destruida? Podría casarse con Cesare para que su abuela visitase la isla y pedirle dinero suficiente para pagar las facturas y alquilar una casa en el pueblo.

Pero no podía ir más lejos. Si tenía un hijo con Cesare, él recuperaría la isla para su familia y los problemas económicos de los Whitaker terminarían para siempre, ¿pero cómo iba a tener un hijo con un desconocido?

La respuesta llegó de repente, como si se le hubiera encendido la proverbial bombilla. No entendía cómo no había visto antes la solución. Cesare había dicho que era un hombre práctico y la solución que se le había ocurrido haría innecesaria la amenaza de intimidad con un extraño y, además, sería lo más sensato. De repente, la carga que llevaba sobre los hombros se evaporó y se irguió todo lo que pudo; incluso sonrió ante la idea de poder controlar su vida.

–Vas a volver a la universidad el domingo, jovencita –le dijo a su hermana–. Dejarás de trabajar y te concentrarás en tus estudios. Yo me encargaré de todo.

–¡No puedes casarte con ese hombre, Lizzie! –exclamó su hermana–. No puedes hacerlo.

Lizzie respiró profundamente antes de sentarse frente a la mesa de la cocina.

–Deja que sea sincera contigo: me he pasado ocho años trabajando de sol a sol en esta granja. No he tenido tiempo de hacer amigos, de salir, de estudiar. No tengo ropa decente ni joya alguna... ni siquiera sé maquillarme.

–Pero eso no significa que tengas que sacrificarte.

–¿Se te ha ocurrido pensar que tal vez no sea un sacrificio, que yo podría querer casarme con Cesare y tener un hijo? Al fin y al cabo, es un hombre muy atractivo y tú sabes cuánto he deseado siempre ser madre. Y también me gustaría tener dinero en el banco para no estar pensando día y noche cómo voy a pagar las facturas o morirme de preocupación cada vez que abro el correo –anunció Lizzie con vehemencia.

Chrissie la miraba con el ceño fruncido.

–¿Lo dices en serio?

–Muy en serio –respondió Lizzie, decidida–. Quiero casarme con Cesare. Es lo mejor para todos y, créeme, yo no tengo alma de mártir.

–Pero yo nunca había pensado... nunca soñé –Chrissie no sabía si creer la explicación de una hermana mayor a la que siempre había querido y admirado–. ¿Estás segura, Lizzie? ¿Lo has pensado bien?

No, en realidad no lo había pensado bien y no pensaba arriesgarse a hacerlo antes de casarse con Cesare Sabatino.

Pasara lo que pasara iba a casarse con él y, milagrosamente, solucionar su vida, la de su hermana y la de su padre. No podía hacer otra cosa. Sería algo aterrador y, además, sería un engaño, pero ya acababa de mentir a su hermana a la cara.

Entró en su dormitorio y tomó la tarjeta de visita que Cesare le había dejado. Armándose de valor, grabó el número en su móvil y estudió el espacio en blanco para el mensaje.

Acepto casarme contigo. Hablaremos de lo demás cuando volvamos a vernos.

Cesare parpadeó después de leer el texto y luego miró a Celine, una rubia perfecta que lo había atraído durante más tiempo que el resto de las mujeres. En su mente, sin embargo, no estaba viendo a la modelo francesa sino a una rubia de luminosos ojos verdes rodeados de largas pestañas.

El mensaje había sido una sorpresa satisfactoria, tal vez porque tenía la absurda convicción de que Lizzie Whitaker diría que no a la tentación del dinero que le había ofrecido. Y se preguntó por qué había pensado eso, por qué había creído que sería diferente a cualquier otra mujer que hubiese conocido.

A las mujeres les gustaba el dinero y a él le gustaban las mujeres. Era un intercambio justo en el que ninguno de los dos se sentía utilizado. ¿No había aprendido eso tiempo atrás? Athene podría volver a su casa de la infancia para visitarla al menos.

¿Lizzie Whitaker estaría dispuesta a cumplir todos los términos del testamento?

De repente, sintió una cruda anticipación al pensar en lo que habría que hacer para cumplir con esos términos y frunció el ceño, sorprendido por una oleada de indisciplinadas hormonas que amenazaban con hacerlo perder el control.

Estaba pensando en Lizzie Whitaker, solo pensando en ella, y se sentía tan excitado como un adolescente contemplando el sexo por primera vez.

–Pareces distraído –comentó Celine.

Cesare la estudió, sorprendido al no sentir deseo alguno y exasperado porque su cuerpo parecía estar jugando con su normalmente disciplinado cerebro.

–Estaba pensando en un negocio –le dijo.

Goffredo se llevaría una gran alegría al saber la noticia de su boda, pero él estaba sencillamente atónito ante la idea de casarse, fuese un simple acuerdo o no.

¡Casado!

La deliciosa cena de repente perdió interés. De alguna forma Lizzie Whitaker había conseguido matar cualquier deseo de acostarse con Celine.

¿Qué tenía aquella chica que lo perturbaba tanto?

Después de todo, era una buscavidas como otra cualquiera, dispuesta a cualquier cosa para enriquecerse.

¿Pero cómo podía criticarla por eso cuando había sido él mismo quien lanzó el cebo?

Capítulo 3

N O SÉ nada sobre los detalles del acuerdo –le
dijo Lizzie a su padre mientras paseaba por la
cocina, su figura delgada envuelta en vaqueros, jersey de lana y botas de trabajo–. Mira, tengo
que hacer muchas cosas. Será mejor que me man-
tenga ocupada hasta que llegue Cesare.

–¿Qué clase de nombre es ese? –exclamó Brian
Whitaker, tan desdeñoso como siempre.

Lizzie miró a su padre con gesto impaciente mientras se ponía la chaqueta. Todo iba a salir bien, se
dijo a sí misma.

Chrissie había vuelto a la universidad y en muy
poco tiempo su padre y ella no tendrían que preocuparse de las facturas que no podían pagar.

–Es un nombre italiano, papá, como el mío, el de
Chrissie y el de mamá. Y no olvides que Cesare está
a punto de mover su varita mágica y solucionarnos
la vida.

–Hasta en el jardín del Edén había una serpiente
–murmuró su padre, como siempre dispuesto a decir
la última palabra.

Lizzie respiró el aire fresco, aliviada, mientras se
dirigía al prado para mirar a las ovejas desde el muro

de piedra. Aún faltaban algunos días para que empezasen a parir, pero sería pronto. Si se había ido para entonces, Andrew seguramente atendería a los corderos, se dijo a sí misma.

Si se iba para casarse con Cesare Sabatino.

No se ganaba algo sin arriesgar nada y sabría que tendría que lidiar con las consecuencias. En medio de esa reflexión, mientras miraba el camino esperando ver un coche, oyó un estruendo en el cielo y levantó la cabeza.

Un ruidoso helicóptero sobrevolaba el valle, tan cerca que podía ver el color del aparato. De repente, hizo un círculo y empezó a descender....

Durante un segundo, Lizzie se quedó inmóvil, incapaz de creer que un helicóptero estuviera sobrevolando el prado.

El estruendo y las luces del aparato asustaron a las ovejas, que huyeron despavoridas. Lizzie corrió hacia el muro de piedra, con Archie a su lado, y lo saltó como una atleta mientras gritaba instrucciones a su perro para que recuperase a los animales.

Con el corazón acelerado, corrió colina abajo a toda velocidad, pero no fue lo bastante rápida y no pudo evitar que las ovejas se dispersasen en su frenética huida. Enferma de aprensión, siguió corriendo mientras veía a Archie intentando reunir a las ovejas para alejarlas del río. El ruido del helicóptero se intensificó en ese momento, como si estuviera despegando de nuevo, y las ovejas, despavoridas, corrieron hacia el río sin que Archie pudiese evitarlo.

Alguien gritó su nombre y fue un alivio ver a Andrew Brook corriendo colina abajo para ayudarla.

Intentando llevar oxígeno a sus pulmones mientras se preguntaba dónde estaría Archie, Lizzie corrió hacia la orilla del río para ver si alguna oveja se había caído al agua, pero Andrew llegó antes y lo vio inclinarse sobre el barro. Una de las ovejas debía haber resultado herida durante la carrera, pensó, corriendo para llegar a su lado.

–Lo siento, Lizzie. Es demasiado pequeño para lidiar con unas ovejas tan grandes y asustadas –dijo él cuando llegó a su lado.

Lizzie miró, horrorizada, el cuerpecillo tendido en el barro. Era Archie y estaba gimiendo de dolor.

–Oh, no, no... –murmuró mientras se inclinaba sobre el perro.

–Creo que se ha roto una pata, pero podría tener heridas internas. Lo han pisoteado.

–¡Ese helicóptero! ¿La gente está loca? –exclamó Lizzie, mientras Andrew, un hombre de recursos, se levantaba para cortar la rama de un árbol con su cuchillo y la ataba a la pata rota de Archie.

–Nadie debería aterrizar en un prado lleno de animales –mientras Lizzie acariciaba al animal herido, Andrew sacó el móvil del bolsillo–. Será mejor llevarlo al veterinario. Voy a advertir a Danny.

Por suerte, el perro de Andrew, más grande y entrenado, había logrado reunir a todas las ovejas. Lizzie estaba asustada y despeinada por la maratón, dos gruesas lágrimas corriendo por su rostro mientras apretaba a Archie contra su pecho, intentando sujetar la patita rota mientras saltaba el muro de piedra con la ayuda de Andrew.

–Voy contigo –dijo Andrew, abriendo la puerta

del Land Rover para que colocase al animal en el asiento.

–Gracias, pero no hace falta –le aseguró Lizzie, con una sonrisa que dejaba claro lo cómoda que se sentía con su exnovio a pesar de todo.

–Ese es el exnovio, Andrew Brook, nuestro vecino –informó Brian Whitaker a Cesare, que estaba a su lado en la puerta trasera de la casa–. Crecieron juntos. Yo siempre pensé que hacían buena pareja, pero entonces conoció a Esther y se casó con ella.

A Cesare no le interesaba esa información. Se había enfadado porque Lizzie no estaba esperándolo cuando llegó. ¿No se daba cuenta de que él era un hombre muy ocupado?

Y verla sonreír a su exnovio, un hombre joven y atractivo, le gustaba menos. Cuando vio que apretaba su brazo en un gesto de intimidad, se preguntó por qué habrían roto y esa inapropiada curiosidad lo sacó de quicio.

–¡Lizzie! –gritó su padre.

Lizzie giró la cabeza y miró al hombre alto y moreno que estaba con Brian Whitaker. Su corazón se aceleró y se le hizo un nudo en la garganta. Con un inmaculado traje de raya diplomática, camisa blanca y corbata roja, Cesare Sabatino no pegaba nada en aquel sitio, pero seguía dejándola sin aliento.

–¿Cuándo has llegado? No he visto el coche.

–He venido en helicóptero...

Lizzie, con las llaves del Land Rover en la mano, se quedó helada. Parpadeó varias veces y luego se di-

rigió hacia Cesare con un movimiento brusco, incapaz de disimular su ira.

–¿Tú eres el imbécil que ha aterrizado en un prado
lleno de ovejas? –le espetó, incrédula.

Cesare frunció el ceño, mirándola como si no
diese crédito a sus oídos. En toda su vida nadie se había atrevido a hablarle con esa insolencia. Y no solo
eso. Le preocupaba que, a pesar de saber de su visita,
su futura esposa seguía teniendo aspecto de jornalera,
con manchas de barro en la cara y en la ropa. Pero al
ver el rubor en sus mejillas que, por contraste, acentuaba el verde de sus ojos y esa melena de color rubio
ceniza, tuvo que reconocer con cierta sorpresa que
nada podía arruinar su atractivo.

–¿Cuál es el problema? –le preguntó, pensando
que algún malentendido cultural podría haber provocado tan repentino ataque de furia–. Y no me grites,
no soy sordo.

–El problema es que el piloto ha aterrizado cerca
de un prado lleno de ovejas... y deberían fusilarlo por
ello –exclamó Lizzie–. Las pobres han echado a correr muertas de miedo... y todas están preñadas. Si alguna de ellas pierde el cordero por la estampida, él y
tú seréis los responsables.

Durante una fracción de segundo, Cesare recordó
que el piloto había intentado convencerlo para aterrizar lejos del prado, pero no le gustaba la idea de perder tiempo o mancharse el traje de barro, de modo
que había insistido en que aterrizase allí mismo, lo
más cerca posible de su destino.

–Ha sido culpa mía –le confesó– no del piloto. Yo
le pedí que aterrizase allí –admitió Cesare, sorpren-

diéndola con esa confesión–. Yo no sé nada de granjas y ovejas, pero os compensaré económicamente
por cualquier pérdida.

–Bueno, no se puede ser más justo –intervino Brian
Whitaker, mirando a su hija con expresión airada–.
Dejemos el asunto, no pasa nada.

–¡Archie se ha roto una pata! –exclamó Lizzie, ful-
minando a Cesare con la mirada. Estaba claro que ni
siquiera admitir su culpa era suficiente para ella–.
Las ovejas lo han pisoteado a la orilla del río.

–Lo siento.

–Voy a llevarlo al veterinario y no tengo ni tiempo
ni paciencia para hablar contigo en este momento.

Cesare vio, incrédulo, cómo su futura esposa se
daba la vuelta para subir al viejo Land Rover.

–Buena la has hecho. ¡Trata a ese perro como si
fuera su hijo! –exclamó Brian Whitaker, impaciente,
mientras entraba en la casa como si no quisiera saber
nada de la situación.

Cesare se dirigió al Land Rover.

–Te acompaño al veterinario.

Desconcertada, Lizzie frunció el ceño.

–Tendrás que llevar a Archie en brazos.

Cesare, que se sentía como atrapado en una pesa-
dilla, por fin se dio cuenta de que en el asiento estaba
el perrillo de aspecto comatoso.

–Podría conducir yo –se ofreció Cesare.

–Tú no sabes dónde vamos y la carretera está llena
de baches –dijo Lizzie, mientras dejaba a Archie sobre su regazo con manos temblorosas–. Por favor ten
cuidado, que no se caiga.

–No tengo intención de soltarlo.

Estaba realmente asustada. Archie no se movía y era un perro tan inquieto. En aquel momento podría estar muriéndose; su vida y su espíritu alegre desapareciendo para siempre...

Y no pensaba perder tiempo discutiendo con Cesare Sabatino.

–¿Respira? –le preguntó mientras arrancaba.

–Puedo notar los latidos de su corazón –respondió Cesare, intentando soportar el olor a estiércol del interior del Land Rover.

Sin saber qué hacer, acarició al animal y se quedó sorprendido cuando giró la cabeza para lamer su mano.

–Confía en ti –le dijo Lizzie.

–No tiene elección –murmuró él, recordando que había ido a Yorkshire para sufrir. Y, en su opinión, Lizzie conducía como una maníaca.

Su día había empezado a las seis de la mañana en Ginebra. Eran las ocho de la tarde y ni había comido ni tendría la oportunidad de hacerlo en varias horas. Lizzie no sabía que tenía planeado invitarla a cenar y, como él no tenía patas, no se le ocurriría ofrecerle algo de comer.

Sin conocer los pensamientos de su acompañante, Lizzie pisó el acelerador del Land Rover y se detuvo bruscamente cuando llegaron a un pequeño aparcamiento.

Cesare, un hombre acostumbrado a ser el protagonista, tuvo que limitarse a seguirla. Un hombre mayor los recibió en la puerta de la clínica veterinaria y se llevó al perro para hacerle una exploración por rayos X, dejándolos en la sala de espera.

Consternado, Cesare observaba a Lizzie intentando contener las lágrimas y, empujado por un deseo masculino de calmar su angustia, murmuró:

–Bueno, ¿entonces vamos a casarnos?

Lizzie se maravilló de su falta de compasión. ¿De verdad pensaba que iba a hablar de eso mientras esperaba que el veterinario le dijeran si su perro iba a vivir o morir?

–Sí, pero no será un matrimonio de verdad –contestó por fin, intentado no mirarlo porque de verdad tenía los ojos más bonitos que había visto nunca y cada vez que los miraba se quedaba con cara de tonta.

–Ah, muy bien, entonces no vamos a por el oro –dijo Cesare, refiriéndose al heredero que pedía el testamento, mientras observaba su cabeza inclinada con una tristeza que lo sorprendió.

¿Por qué? El sentido común le decía que debería conformarse con llevar a Athene a la isla para que visitara los lugares de su infancia y que era una suerte haber conseguido eso a cambio de la boda.

Un mechón de pelo rubio rozó los delicados pómulos de Lizzie cuando levantó la cabeza para mirarlo con sus ojos verdes, claros y directos.

–Sí, bueno, he encontrado una solución.

–No hay otra solución –la informó él, impaciente, maravillándose por la luminosidad de esos ojos llenos de lágrimas.

–Inseminación artificial –dijo Lizzie entonces.

–¿Qué?

–Inseminación artificial –repitió ella–. La usamos con el ganado y podemos hacerlo nosotros también –añadió, intentando mostrarse firme mientras Cesare la miraba como si nunca hubiese oído hablar del proceso–. De ese modo no habría necesidad de... bueno, en fin, ya sabes. Podríamos conservar nuestra dignidad.

–¿Dignidad? –repitió Cesare.

Le pareció una ofensa a su orgullo masculino... hasta que examinó atentamente la sugerencia.

En realidad ganarían los dos, tuvo que reconocer. Él no tendría que sacrificar su libertad porque el matrimonio sería una farsa de principio a fin. Y era lo más civilizado porque siempre existía el riesgo de que la intimidad pudiese enfangar el acuerdo. Era la visión más racional, pero no le agradaba concebir un hijo en un laboratorio en lugar de a la manera tradicional. Y tampoco le gustaba saber que Lizzie Whitaker nunca compartiría su cama.

–Bueno, a ninguno de los dos puede gustarle la idea de acostarse con un extraño.

Cesare tuvo que sonreír.

–Me parece que no sabes mucho de los hombres.

Lizzie se puso colorada.

–Y si tú eres ese tipo de hombre, no creo que debieras jactarte de ello –replicó.

Cesare respiró despacio, conteniendo el deseo de preguntarle dónde estaba su sentido del humor. Era una sorpresa descubrir que había una mujer a la que no podía cautivar con su atractivo y carisma. Él no creía en la falsa modestia y desde adolescente le había sido fácil conquistar a las mujeres... y el porcentaje de éxito en ese campo había ido incrementándose a medida que se hacía rico. Lizzie, sin embargo, no parecía interesada en absoluto.

Viendo la fría expresión en las facciones de bronce, Lizzie se apresuró a decir:

–Lo siento, es que estoy muy preocupada por Archie. No quería ser grosera, pero debes entender que dos personas con tan poco en común como nosotros necesitan una cláusula de escape cuando se trata de tener un hijo.

–¿Qué?

Ella respiró profundamente.

–Tendrías que ejercer como padre del niño hasta que cumpliese la mayoría de edad. Nos casaremos y nos divorciaremos cuando haga falta –Lizzie se aclaró la garganta–. Pero un niño necesita un padre. Necesita cariño, seguridad, protección, y yo quiero todo eso para mi hijo por parte de los dos. Sería una gran responsabilidad y necesito saber que estás dispuesto a hacerlo.

De repente, las mejillas masculinas se oscurecieron. Había pensado que Lizzie quería hablar de la recompensa financiera y su interés por algo mucho más serio y comprometido lo había hecho sentir culpable.

–¿Por qué estarías dispuesta a aceptar esa responsabilidad?

–Yo siempre he querido ser madre, así que el acuerdo que sugeriste es lo mejor para mí –respondió Lizzie, absolutamente convencida–. Yo no necesito un marido, pero tampoco me gustaría criar a un hijo sola, así que un hombre que ejerciese de padre me parece más aceptable.

Cesare se quedó helado. Las mujeres que él conocía jamás serían tan francas. Se preguntó si seguiría enamorada de su exnovio o sencillamente odiaba a los hombres porque era inusual que una joven como ella decidiese vivir sola.

–¿Eres lesbiana? –le preguntó, casi sin pensar.

Lizzie se puso colorada.

–No, no lo soy –respondió, decidida a mantener en secreto las razones por las que quería estar sola. No tenía por qué darle explicaciones.

–Si tuviéramos un hijo, yo me haría responsable de él. Ejercería de padre como tú deseas –le informó Cesare, con convicción–. Mi padre es una persona estupenda y sé lo importante que es tener un buen ejemplo en casa.

Ella asintió con la cabeza.

–Eso era lo único que me preocupaba... –luego vaciló durante un segundo–. Si siguiéramos adelante con esto, tendría que pedirte algo de dinero por adelantado. La verdad es que estamos en la ruina. Mi hermana necesita dinero para seguir con sus estudios y yo tengo que alquilar una casa en el pueblo para mi padre porque él no puede hacerse cargo de la granja.

Cesare vio su expresión avergonzada y se compadeció de ella.

–No es ningún problema. Esperaba que me lo pidieras.

–¿Sabías que no teníamos dinero antes de venir?

–Yo nunca empiezo nada sin saber dónde me meto –respondió Cesare.

Danny, el veterinario, apareció entonces en la sala de espera.

–Archie estará fuera en unos minutos. La enfermera está terminando de ponerle la escayola. Se ha roto una pata y tiene un golpe en la cabeza, por eso está un poco mareado, pero afortunadamente no hay heridas internas.

Mientras le explicaba el tratamiento y la medicación que necesitaba, Archie salió en brazos de una enfermera, con una pata escayolada y un cono de plástico al cuello para evitar que la mordiera.

Lizzie lo tomó en sus brazos, las lágrimas rodando por sus mejillas mientras le daba las gracias al veterinario. Por suerte, Cesare insistió en pagar la factura.

–No sabes cuánto te lo agradezco –dijo ella cuando salieron de la clínica.

–De nada, no tiene importancia.

–Estoy muy encariñada con él –le explicó Lizzie después, secándose las lágrimas con el dorso de la mano–. Puedes conducir tú de vuelta si quieres. Las llaves del Land Rover están en mi bolsillo.

Cesare sacó las llaves y abrió la puerta del coche.

–Yo esperaba que fueras conmigo a Londres esta noche.

–¿Esta noche? –repitió ella, incrédula–. No, lo siento, es imposible.

–Pero tenemos un calendario muy apretado. ¿De verdad es imposible? –insistió Cesare–. Parece que no tienes mucha ropa, así que no creo que tardases mucho en hacer la maleta.

–Tengo que buscar un alojamiento para mi padre. No puedo dejarlo aquí solo.

–Yo tengo un ejército de empleados que se encargarán de todo eso, no te preocupes –dijo Cesare–. Tú has dicho lo que querías decir, yo he aceptado los términos del acuerdo y ahora necesito que vengas conmigo a Londres.

Era hora de morder la bala, pensó Lizzie, sus ojos encontrándose con unos irritados ojos oscuros. No había ninguna excusa para tanta prisa, ¿pero qué podía hacer? Habían llegado a un acuerdo y él estaba a cargo de todo.

–Tendré que llamar a mi vecino para pedirle que cuide de mis ovejas.

–¿Andrew Brook?

Lizzie lo miró, sorprendida.

–Sí.

–¿Por qué rompiste con él?

–Eso es algo privado.

Cesare apretó los dientes.

–Iremos a verlo ahora mismo para que puedas hacer la maleta.

Con Archie dormido en el Land Rover, llamaron a la puerta de la granja. Esther la abrió y su cara de disgusto mortificó a Lizzie, aunque sabía que esa apresurada boda había sido humillante para las dos. La gente condenaba a Esther por haberse acostado con un hombre que estaba comprometido con otra mujer, la habían juzgado por quedar embarazada, haciendo pública su aventura con Andrew, y algunas personas del pueblo ya no le dirigían la palabra.

Andrew se levantó de la mesa para recibirlos y Lizzie abrió la boca para explicar la situación, pero Cesare se adelantó:

–Lizzie y yo tenemos que irnos a Londres esta noche. Vamos a casarnos –dijo, directo al grano–. Lizzie quiere saber si puede hacerse cargo de las ovejas.

Andrew no pudo disimular su sorpresa. Ni Esther,

que se alegraría de que se fuera del pueblo. Y después de cómo la habían tratado, Lizzie lo entendía.

–Vaya, qué sorpresa, deberíamos celebrarlo –exclamó Andrew, genuinamente contento–. No sabía que tuvieras novio, Lizzie.

Los Brook les ofrecieron un vino casero que a Cesare le pareció demasiado dulce, pero agradeció el detalle mientras observaba a sus acompañantes y hacía interesantes deducciones. Andrew Brook parecía sentir afecto por Lizzie, pero nada más. Todas las miradas de amor eran para su mujer, una chica aburrida, gordita, que no podía compararse con Lizzie. Ella, por otro lado... Cesare era incapaz de saber lo que sentía. Charlaba amistosamente, pero era evidente que estaba deseando marcharse.

–¿No vas a contarme nada? –le preguntó Cesare cuando volvieron al Land Rover, con ese acento tan sexy.

Y ese era un pensamiento extraño porque ella no tenía relaciones sexuales y no sabía muy bien qué era ser «sexy». Ese había sido el problema en su relación con Andrew; cuando descubrió que, sencillamente, era una de esas mujeres a las que no les gustaba que las tocasen. Cuando aceptó casarse con él había creído, equivocadamente, que eso cambiaría de forma natural con el tiempo y el roce. Pero no había pasado y sus sentimientos al respecto tampoco.

–Andrew tuvo una aventura con Esther mientras estábamos comprometidos. Ella quedó embarazada y se casaron. Rompimos seis semanas antes de la fecha prevista para la boda y él se casó un mes más tarde. Son felices –le explicó Lizzie–. Y eso significa que tengo un vestido de novia sin usar, así que lo llevaré a Londres.

–¡No, de eso nada! –exclamó Cesare, haciendo una mueca de disgusto–. Te compraré otro vestido.

–Pero eso sería tirar el dinero y no hay necesidad.

–Si queremos convencer a mi familia de que este es un matrimonio de verdad, tendrás que llevar un vestido de diseño.

–¿Pero cómo va a creer nadie que la nuestra es una boda de verdad? No tenemos nada que ver y, además, acabamos de conocernos.

–Solo mi padre sabe que acabamos de conocernos. Además, en Londres te llevarán a un salón de belleza y cuando hayan terminado contigo todos los creerán, *cara*.

–¿Un salón belleza? ¿Y si yo no quisiera un cambio de imagen?

–Si quieres ser convincente en ese papel que vas a cobrar por hacer, no tendrás más remedio –respondió Cesare.

¿Cómo no iba a querer pasar por un salón de belleza?, pensó, sin dejarse convencer por tan aparente desgana. Estaba dispuesta a hacer lo que fuera a cambio de dinero. ¿No lo había dejado claro? Estaba dispuesta a ser madre solo para venderle la isla.

Pero, para ser justo, él había aceptado ser padre para comprar la isla. Aunque sus motivos eran más presentables que la falta de dinero. ¿O no?

¿Para qué servía trabajar tanto si no tenía un heredero al que dejárselo todo? ¿Y qué mejor manera de tener un hijo que heredase su imperio? Había visto muchos matrimonios destrozados o amargados, había oído demasiadas historias de hijos traumatizados por la ruptura de sus padres. El testamento le daba la oportunidad de evitar todo eso y también de ahorrarse la presión de hacer promesas a una mujer.

Un matrimonio de conveniencia y un hijo antes de un civilizado divorcio era la situación perfecta para él.

De la repuesta de Cesare, Lizzie recordaba solo una frase: «en ese papel que vas a cobrar por hacer».

Era un recordatorio desagradable, aunque irrefutable, y se mordió los labios para no responder. Con un poco de suerte, en un par de meses volvería a su vida normal y, con más suerte aún, una vida que incluiría la felicidad de ser madre. Cuando llegase ese momento, buscaría algún curso interesante y una casa cerca de Chrissie. O tal vez no era buena idea, pensó entonces. Chrissie tenía derecho a ser independiente sin una hermana mayor protegiéndola y dándole consejos todo el tiempo.

–Un momento, antes de entrar... –Cesare dio la vuelta al vehículo.

Cuando llegó a su lado y la abrazó, Lizzie se quedó tan sorprendida que no podía moverse. Cesare tomó su cara entre las manos para mirarla a los ojos y cuando le llegó el aroma de su colonia, de nuevo sintió ese cosquilleo extraño.

En ese momento, mientras estaba preguntándose por qué olía tan bien, Cesare inclinó su orgullosa cabeza para besarla y Lizzie dejó de respirar. El sabor de los labios masculinos provocó una especie de descarga eléctrica que aceleró su corazón y su pulso. Cuando mordió su labio inferior pensó que iba a desmayarse. La tierra parecía moverse bajo sus pies, haciéndola temblar como gelatina.

Un calor prohibido estalló dentro de ella, hinchando sus pechos, levantando sus pezones y convirtiéndos en un río entre sus piernas. La presión de su boca hizo que echase la cabeza hacia atrás, abriendo los labios de manera instintiva para recibir el sensual asalto de su lengua. Cesare la apretó contra sí, soldándola contra su poderoso cuerpo, sujetándola donde la quería. Y, a pesar de la barrera de la ropa, Lizzie notó el duro miembro masculino.

Con fuerza sobrehumana, o tal por simple fuerza de voluntad porque estaba muerta de miedo, Lizzie puso una mano en su pecho para apartarlo y, para ser justa, él lo hizo de inmediato.

–Ya está bien –logró decir, intentando llevar oxígeno a sus pulmones–. ¿Por qué has hecho eso?

–Si queremos hacer creer a la gente que somos una pareja de verdad tendremos que comportarnos como una pareja... al menos en alguna ocasión –respondió Cesare, dejando escapar un audible suspiro.

–No me gusta que me toquen –dijo Lizzie, casi sin voz.

«Pues a mí podrías haberme engañado», pensó Cesare, incrédulo, aún saboreando sus labios e intentando controlar el deseo que había despertado el beso.

Lizzie no estaba a su alcance, se recordó a sí mismo. No pensaba acostarse con ella. Ella no quería y él tampoco. Lamentablemente, su cuerpo no parecía ir al ritmo de su cerebro y, además, ella era como una jugosa hamburguesa para un hambriento.

Pero, Cesare se recordó a sí mismo, él podía conseguir sexo cuando quisiera. Tenía a Celine para obtener satisfacción sexual sin compromisos y no pensaba arriesgar su acuerdo matrimonial con Lizzie buscando intimidad. Eso enfangaría la relación y ella podría empezar a comportarse como una esposa de verdad e incluso pensar que podría atarlo.

–¿Entonces, solo ha sido una especie de prueba? –le preguntó, aliviada, pensando que no iba a ocurrir a menudo.

–Y tú has ganado la medalla de oro, *bella mia* –respondió Cesare, intentando controlar su libido.

Aunque era un reto imposible de cumplir porque solo podía pensar en Lizzie tumbada en su cama, desnuda y salvaje.

La imagen no lo ayudó nada y tampoco saber que él, que se enorgullecía de su frialdad y su calma en todas las situaciones, estuviera teniendo una improbable, pero muy masculina fantasía.

Dos horas después, Lizzie iba sentada en la limusina, en silencio, con Archie dormido sobre sus rodillas mientras Cesare trabajaba en su ordenador. Seguía pensando en ese beso, preguntándose qué magia tendría Cesare Sabatino que a Andrew le faltaba. ¿Sería un caso de química, eso de lo que tanto había oído hablar?

Se sentía frustrada. Había habido muy pocos hombres en su vida, muy pocos besos, y seguía siendo virgen. Andrew la repelía y, sin embargo, era un hombre joven y atractivo del que estaba enamorada. Naturalmente, había pensado que ella no era una mujer sexual, pero el beso de Cesare...

El beso de Cesare había despertado en ella algo que desconocía, una emoción, una excitación como nunca había sentido. Y por primera vez en su vida miraba el poderoso muslo masculino y el bulto bajo el pantalón preguntándose cómo sería un hombre desnudo. Ese pensamiento hizo que se ruborizase y bajó la mano para acariciar a Archie, que estaba adormilado.

Era curiosidad sexual, nada más. Una curiosidad inmadura y tonta, se dijo a sí misma, avergonzada. Pero no había nada de lo que preocuparse. Después de todo, no iba a pasar nada con Cesare Sabatino. Y en cuanto a ese momento de pánico entre sus brazos...

¿Un beso y había imaginado que estaba a punto de enamorarse locamente como le había ocurrido tantas veces a su madre? No, ella era demasiado sensata, se dijo a sí misma. Cesare era un hombre guapo, rico, arrogante y seguramente se acostaba con muchas mujeres.

No era su tipo en absoluto.

Lizzie no era su tipo, pensaba Cesare, con satisfacción. Un beso apasionado no cambiaba nada. Lizzie Whitaker carecía de gusto vistiendo, sus modales dejaban mucho que desear y era muy poco femenina.

Y lo trataba como si fuera un paraguas perdido que alguien se hubiera dejado en el asiento del tren.

Capítulo 4

LAS compras y el paso por el salón de belleza dejaron a Lizzie totalmente estupefacta. Se sentía transformada y le sorprendía lo bien que la hacía sentir verse tan guapa.

El tinte oscuro de las puntas había desaparecido por fin. Cada vez que se miraba al espejo recordaba a Andrew y los malos tiempos, de modo que era un alivio verse libre del color castaño y dejar de preguntarse si había intentado convertirla en Esther, que tenía el pelo de ese color. Luego miró sus uñas brillantes con una sonrisa de niña porque no imaginaba que alguien pudiese transformar sus manos de granjera. Ya no eran ásperas y su piel brillaba. Se sentía como una mujer nueva, una mujer segura de sí misma, diferente a la que había entrado en el salón de belleza, sintiéndose como un crimen contra la feminidad.

¿Cómo la vería Cesare?

De repente, se puso colorada. ¿Por qué iba a importarle cómo la viese? Su opinión no valía tanto. Seguramente antes del cambio de imagen no habría querido que lo viesen en público con ella.

Se sentía transformada y lo agradecía, pero era mejor no pensar en nada más. El precioso vestido era como una armadura para lidiar con la despedida de soltera, organizada por las hermanas de Cesare y en la que no tendría el apoyo de su hermana.

Por desgracia, Chrissie tenía un examen al día siguiente, de modo que no podía acudir a la fiesta. Era una desilusión. Le caían bien las hermanas de Cesare, pero seguían siendo extrañas para ella y, además, estaba haciendo un papel. Todos pensaban que sería una boda normal con un novio y una novia que se amaban y esas expectativas falsas la estresaban incluso más que las compras y el salón de belleza.

–¿Quieres decir que no estás embarazada? –le preguntó Sofia, la hermanastra pequeña de Cesare, al ver que Lizzie tomaba un vodka–. Cesare nos dijo que no, pero no podíamos creerlo.

–Por favor, Sofia –la regañó Paola, la mayor de las tres, profesora, mujer casada y más circunspecta que sus hermanas–. Lo siento, Lizzie.

–No pasa nada –dijo ella, con una sonrisa en los labios–. No me siento ofendida. Entiendo que os haya sorprendido que vuestro hermano vaya a casarse a toda prisa.

–Cuando pensábamos que jamás se casaría –intervino Maurizia.

–Evidentemente, está loco por ti –dijo Sofia–. Esa es la única explicación. Cuando le envié esa foto tuya no perdió tiempo en decirme que deberías quedarte en casa, que no veía razón para organizar una despedida de soltera.

Por supuesto, Cesare no veía ninguna razón, pensó Lizzie, sin saber qué decir a sus hermanas y a su madrastra, Ottavia. Nadie sabía que la boda solo era un acuerdo entre los dos... bueno, solo su padre, Goffredo. Él tenía que saberlo, pero no iba a decir nada.

Aun así se sentía inquieta y, por eso, estaba bebiendo más de lo que debería.

Por suerte, Cesare no iría a la fiesta. Se había ido a Nueva York por un asunto urgente después de instalar a su familia en su casa y marcharse al ático para estar solo. Aparentemente, eso era lo que hacía siempre que su familia iba a visitarlo. A Lizzie le parecía extraño, pero sus hermanas decían que le gustaba tener su espacio y evitaba cualquier cosa que lo descentrase. A Lizzie le parecía muy triste, pero se guardó esa opinión para sí misma.

Era increíblemente rico. A pesar de la limusina, el chófer y el helicóptero, Lizzie no sabía lo rico que era su futuro marido. Y seguía atónita después del viaje en un jet privado y al ver la casa, del tamaño de un palacio, con más de diez dormitorios e innumerables empleados.

Entonces hizo lo que debería haber hecho una semana antes: buscar su nombre en Internet. Y había descubierto que Cesare era dueño de un imperio multimillonario.

La casa, su amable familia, las atenciones que le prestaban... todo eso hacía que se sintiera más insegura. Dos días de compras, seguidos de la experiencia en el salón de belleza, habían dejado su marca. Por esa razón, no era una sorpresa que quisiera aprovechar la oportunidad de relajarse y tomar un par de copas en buena compañía por primera vez en muchos años.

Sentado en el jet privado, mirando furiosamente el reloj para calcular a qué hora aterrizaría, Cesare amplió la fotografía en su tablet y la miró, incrédulo.

No te atrevas a llevar a Lizzie vestida así a una discoteca, era el mensaje que le había enviado a su hermanastra Maurizia, con una extraña mezcla de rabia, frustración y preocupación que lo hacía sentir más incómodo que nunca.

Y no podía dejar de mirar la foto, Lizzie sonriendo como nunca con un vestido verde esmeralda, corto, con unos zapatos de tacón que destacaban sus piernas torneadas. Era una transformación asombrosa. Como si alguien hubiese movido una varita mágica. Tenía un aspecto fantástico. Su belleza natural había sido pulida, su gloriosa melena rubia había sido restaurada, no cortada, y brillaba como una cascada de plata alrededor de su delicado rostro. Maquillados, sus ojos verdes parecían enormes, los labios gruesos, carnales, pintados de rojo.

Cesare masculló una palabrota, enfadado por la interferencia de sus hermanas y por la tontería de la despedida de soltera.

Lizzie no tenía experiencia. En una discoteca de Londres se sentiría perdida, de modo que tendría que ir a buscarla.

–¿Qué haces aquí? Esta es una despedida de soltera, así que vete –le espetó una de sus hermanastras en cuanto llegó a la mesa.

–¿Dónde está? –preguntó Cesare.

Sofia señaló la pista de baile con desgana.

–No le estropees la noche. Lo está pasando en grande.

Cesare miró, incrédulo, a su futura esposa bailando

en la pista, con los brazos levantados, el pelo flotando a su alrededor. Lo que más lo enfureció fue ver a dos hombres intentando atraer su atención, aunque ella parecía estar en un mundo propio.

De repente se detuvo, como mareada, y dejando escapar un gruñido de enfado, Cesare se acercó a ella para sujetarla por los hombros.

—Cesare —murmuró Lizzie, sorprendida.

Era tan alto, tan apuesto. Las luces de la discoteca destacaban su espectacular estructura ósea y sus preciosos ojos dorados. Se alegraba mucho de verlo. Era alguien familiar en un nuevo mundo, totalmente diferente a lo que ella conocía. De hecho, durante un segundo estuvo a punto de sucumbir al deseo de abrazarlo. Pero luego, por suerte, recordando que lo de abrazar no formaba parte del trato, se contuvo.

—Estás borracha —la acusó él

Lizzie dejó de sonreír.

—No estoy borracha —protestó, poniendo las manos en su torso mientras se preguntaba por qué sus piernas parecían querer abrirse como las de un potrillo recién nacido.

—Sí lo estás.

—No lo estoy —insistió ella, agarrándose a sus antebrazos para no perder el equilibrio—. Son los tacones.

—Voy a llevarte a casa —dijo Cesare, gritando para hacerse oír por encima de la música.

—No quiero irme a casa.

Cesare dijo algo que no entendió, pero sus ojos eran como carbones encendidos cuando se inclinó para tomarla en brazos.

–Creo que nos vamos a casa –Lizzie informó a sus hermanastras cuando se detuvo frente a la mesa.

–¡No habéis cuidado de ella como os pedí! –exclamó Cesare.

–Oye, que no soy una niña pequeña –protestó ella, notando que no se había afeitado. La sombra de barba le daba un aspecto más agresivo de lo habitual, llamando su atención hacia la esculpida boca.

Besaba como un sueño, recordó entonces, preguntándose cuándo volvería a hacerlo.

–¿Crees que deberíamos besarnos para que tus hermanas crean que somos una pareja de verdad? –le preguntó.

–Si fuésemos una pareja de verdad estaría muy enfadado, *cara* –replicó Cesare–. Te dejo sola tres días y cuando vuelvo te encuentro bailando como loca en la pista de baile, borracha.

–No estoy borracha –insistió Lizzie.

Cesare puso los ojos en blanco mientras la metía en la limusina sin ceremonias.

–Túmbate antes de que te caigas.

–Qué tontería –Lizzie cerró los ojos porque el interior de la limusina empezó a dar vueltas de una forma muy peculiar.

Cesare se consoló a sí mismo pensando que tal comportamiento no podía ser un aviso de lo que estaba por llegar. No, Lizzie no era así.

¿Cómo podía juzgarla por querer pasarlo bien cuando llevaba años trabajando de sol a sol en la granja? Podía imaginar lo que había sido su vida con un padre como Brian Whitaker y en sus circunstancias económicas. Por primera vez en su vida se dio cuenta de lo afortunado que había sido teniendo como padre a Goffredo, que lo veía todo de color de rosa y perdonaba cualquier error. Por comparación, el carácter de Brian Whitaker era muy deprimente.

Lizzie abrió los ojos.

–¿Quieres besarme? –le preguntó.

Cesare tuvo que disimular una sonrisa.

–¿Quieres que te bese?

Lizzie intentó incorporarse en el asiento.

–Se supone que no debes preguntar eso.

–¿Esperas que actúe como un cavernícola?

Lizzie lo pensó un momento. Le había gustado que la sacase de la discoteca en brazos. ¿Eso era raro? No lo sabía, pero se regañó a sí misma al recordar a su madre riendo y bailando alegremente con el último hombre de su vida. Le dolió la comparación, pero ella sabía que no tenían nada que ver.

–No, claro que no.

–Hablaremos cuando estés sobria y sepas lo que haces –dijo Cesare.

–¿Crees que solo podría querer besarte cuando estoy borracha?

Cesare dejó escapar un suspiro. Si debía ser sincero, no tendría que animarlo mucho para que la tumbase sobre el asiento de la limusina y se aprovechase de su estado.

–Tenemos un acuerdo –le recordó, maldiciendo la erección que le impedía cruzar las piernas. Solo pensar en hacer algo con ella lo excitaba como nada.

Ella pestañeó, seductora.

–Estoy abierta a negociaciones.

–No, no lo estás –dijo Cesare, apretando los labios–. No habrá negociaciones esta noche.

¿Estaba mal, se preguntó Lizzie, que quisiera experimentar solo una vez lo que otras mujeres experimentaban a diario? Ella siempre había querido ser normal, sentirse normal. ¿Eso era malo? ¿Indecente?

Sintió que le ardían las mejillas. Y, naturalmente, tenía que elegirlo a él. Ese beso... de alguna forma se había convertido en un formidable objeto de deseo.

¿Cómo había ocurrido? De repente, sintió un calor traidor entre las piernas y tuvo que hacer un esfuerzo para respirar despacio.

Cesare vio que las pestañas escondían sus ojos y escuchó el sonido elaborado de su respiración mientras se quedaba dormida. Bueno, no iba a dejar que volviese a beber porque, evidentemente, no tenía costumbre. El sexo, el alcohol y los acuerdos no eran una buena combinación. Y él era un hombre racional, ¿no?

Allí estaba, portándose como un santo para protegerla de algo que lamentaría después. ¿O no?, se preguntó.

Después de todo, Lizzie era una buscavidas y se sentiría feliz gastando dinero.

Estaba actuando contra su propia naturaleza, tuvo que reconocer. En realidad, querría caer sobre ella como un marinero loco por el sexo y mantenerla despierta toda la noche. En lugar de eso, iba a pasar horas bajo una ducha fría.

Debería haber llamado a Celine. Claramente, era

la falta de sexo lo que estaba jugando con sus hormonas.

Cesare intentaba no hacer ruido, pero cuando Goffredo y su madrastra, Ottavia, aparecieron en la puerta del salón apretó la cintura de Lizzie para que abriese los ojos.

—Tus hijas siguen de fiesta —anunció—. Lizzie estaba quedándose dormida, así que he decidido traerla a casa.

—Cesare es un aguafiestas —dijo ella.

Goffredo y Ottavia sonrieron antes de desaparecer discretamente.

Al pie de la escalera, Cesare abandonó toda pretensión y la tomó en brazos.

—Me gusta que hagas eso —dijo ella—. Es tan... masculino.

—Tenemos suerte de que peses poco —murmuró Cesare cuando llegaron al final de la escalera.

De repente, Lizzie se llevó una mano a la boca.

—Cesare...

Él la llevó al baño más próximo y la dejó en el suelo.

—¿Lo ves? Te lo dije.

Lizzie se sentía fatal. Él mismo tuvo que apartar el pelo de su cara para ayudarla a vomitar. Luego le ofreció una toalla y un cepillo de dientes, ignorando sus repetidas disculpas. Cuando por fin pudo ponerse en pie, la ayudó a quitarse los zapatos y la sujetó sobre el lavabo.

—No tengo costumbre de beber —dijo ella mientras se lavaba los dientes.

–Eso espero, *bellezza mia*.

–¿Qué significa eso?

–Mi belleza.

–Pero eso no es verdad –protestó Lizzie, mirándose al espejo, horrorizada. Se le había corrido el rímel y tenía el cabello despeinado...

–Tienes que tumbarte –dijo Cesare, tomándola en brazos de nuevo para llevarla al dormitorio.

Una vez en la cama, Lizzie cerró los ojos, temiendo moverse porque todo daba vueltas.

–¿Dónde está Archie? Quiero ver a Archie.

–Archie está abajo, no puede subir a las habitaciones –Cesare le recordó la regla promulgada por Primo, el mayordomo, el día que llegaron a la casa.

–Pero Archie siempre duerme conmigo.

Cesare dejó escapar un suspiro. Tumbada en la cama, Lizzie confiaba en él cuando él no confiaba en sí mismo mientras miraba esos preciosos muslos...

–Si no puedo tener a Archie a mi lado, quédate tú. Venga, túmbate.

Cesare levantó el teléfono y, unos minutos después, Primo apareció a la habitación con Archie, que se tumbó obedientemente a los pies de Lizzie, con la cabeza apoyada en sus tobillos.

–Gracias, Primo. No vamos a necesitar nada más.

–Adiós, Primo –murmuró Lizzie, aún borracha.

–Deberías dormir, pero no puedes hacerlo con la ropa puesta.

–¿Por qué no?

Cesare suspiró de nuevo, inclinándose sobre la cama para desabrochar el vestido.

–¿Qué haces? –murmuró Lizzie.

–Intentando que estés un poco más cómoda.

«Esto es un acuerdo, un matrimonio de conveniencia», se repetía a sí mismo. Tenía que hacerlo mientras le quitaba el vestido y dejaba al descubierto unas sorprendentes curvas bajo el sujetador de encaje. Al ver los pezones de color rosa pálido y la sombra en forma de uve bajo la braguita se le hizo la boca agua y la tapó con la sábana a tal velocidad que Archie, apoyado en sus tobillos, dejó escapar un gemido de protesta.

Lizzie alargó una mano, con los ojos cerrados. La habitación daba vueltas y vueltas bajo sus párpados cerrados y sentía nauseas.

–¿Dónde vas?

Cansado después de un día de viaje, Cesare se sentó en la cama. Si la dejaba sola podría levantarse y resbalar o tener un accidente. ¿Y si volvía a vomitar estando tumbada?

–No voy a ningún sitio –respondió, quitándose el pantalón antes de tumbarse a su lado. Él no estaba acostumbrado a compartir cama y le gustaba su propio espacio.

Sin embargo, estar tan cerca de Lizzie era inesperadamente agradable...

Ella apoyó la cara en un sólido torso mientras Archie se colocaba sobre un par de pies menos cómodos.

Lizzie despertó con una sed terrible cuando aún era de noche. Saltó de la cama y tuvo que agarrarse a la pared, mareada. No había comido casi nada en todo el día por los nervios, pero había bebido más alcohol de la cuenta y se había dejado llevar por la fiesta. Conteniendo un gemido de frustración, encontró un interruptor y miró alrededor... aquella no era su habitación.

Entonces vio al hombre con el que había estado compartiendo cama sin darse cuenta.

Cesare estaba desnudo de cintura para arriba y Lizzie clavó la mirada en el torso bronceado, el estómago plano de abdominales marcados, un muslo cubierto de vello oscuro...

Medio desnudo y sin afeitar exudaba una masculinidad que la dejó sin aliento. Sus pestañas eran como abanicos negros, casi tan largos como para rozar sus pómulos.

Recordaba haberle preguntado si quería besarla...

Y estuvo a punto de gritar al recordarlo. Se dirigió al baño con la cara ardiendo y una sensación de vergüenza por haber sido tan boba. ¿Le había pedido que se metiera en la cama con ella también?

No, no podía ser. Estaba en su dormitorio, pero la había llevado allí porque era el que estaba más cerca cuando empezó a vomitar.

Cesare la había visto en ropa interior, pensó, mortificada. Aunque al menos no la había visto desnuda.

Con la cabeza a punto de estallar, bebió un vaso de agua y se arregló un poco frente al espejo antes de salir del baño para buscar algo que ponerse.

De puntillas como un ladrón, abrió la puerta del enorme vestidor y tomó una camisa blanca de una percha. El broche del sujetador se clavaba en su espalda y se lo quitó, preguntándose si se atrevía a ducharse. No, mejor no. No quería despertar a Cesare.

Estar con él la hacía sentir tan extraña. Claro que

no era una sorpresa. No había salido con nadie desde Andrew y antes de él solo había habido un puñado de chicos sin importancia. Solo salía de la granja para comprar pienso o alimentos...

Estar con las alegres hermanas de Cesare había sido tan divertido que había olvidado controlar la bebida.

La llegada de Cesare a la discoteca cuando estaba en ese estado había tenido el mismo efecto que un disparo entre los ojos. Era un hombre muy atractivo, nada más. No quería nada con él.

Lizzie intentó levantar a Archie sin hacerle daño y sin despertar a Cesare...

–¿Qué haces? –le preguntó él cuando se inclinó para tomar al perro en brazos.

Lizzie parpadeó, asustada, mientras Cesare levantaba un brazo para mirar la hora en el reloj.

–*Inferno!* Son las tres de la mañana.

–Debería irme a mi habitación.

–No, déjalo, despertarías a toda la casa. Quédate aquí y duerme –le aconsejó él, tumbándose de lado con una indiferencia que la hizo apretar los dientes.

Frustrada, Lizzie apagó la luz y volvió a meterse en la cama.

La luz del amanecer se colaba por las persianas cuando despertó de nuevo, sintiéndose un poco mejor. Pero cuando iba a levantarse, un brazo sobre sus costillas se lo impidió. Estaba apretada íntimamente contra un cuerpo masculino... un cuerpo masculino claramente excitado.

Experimentando una oleada de calor, Lizzie giró la cabeza para mirar unos ojos de color bronce derretido. Se le quedó la boca seca, no podía respirar.

–Te mueves mucho mientras duermes, *cara mia* –dijo Cesare, su aliento acariciando su mejilla–. He tenido que sujetarte para dormir en paz.

–Ah –Lizzie abrió la boca, atónita.

–Archie, por otro lado, duerme como un tronco y no se mueve en absoluto –siguió Cesare–. Yo nunca había dormido con un perro a mis pies.

–Hay una primera vez para todo.

–Primera y última –dijo él–. Desgraciadamente, tú te negaste a dormir sin él.

–Siento haber bebido tanto –se disculpó Lizzie, con la cara ardiendo–. No sé ni lo que dije.

Cesare empezó a pasar las manos por sus costillas, subiendo poco a poco hasta sus pechos.

–Estabas muy contenta hasta que el alcohol hizo su trabajo.

Jadeando, Lizzie experimentaba una sensación ardiente entre las piernas.

–No estoy acostumbrada a beber.

La perversa sonrisa de Cesare aceleraba su corazón.

–No te acostumbres.

–No, claro que no –empezó a decir ella, apretando todos los músculos, asustada, sin saber cómo contener la repuesta que estaba despertando en cada célula de su cuerpo.

Cesare, que lo planeaba todo de manera maquiavélica, no había planeado besarla. Después de decidir que no volvería a tocarla, había esperado cumplir esa promesa porque él jamás se dejaba llevar por sus impulsos. Desgraciadamente, el deseo de tener a Lizzie en su cama, de disfrutar de un sexo salvaje y sudoroso con ella no tenía una base racional. Estaba empujado por el instinto, sencillamente. Y cuando se movió y la camisa se le subió casi hasta su cintura, Cesare supo que estaba perdido.

Lizzie estaba ahogándose en esos ojos dorados rodeados de largas pestañas y, de repente, Cesare se apoderó de su boca con una cruda pasión contra la que no tenía defensas. El sabor de su lengua era embriagador.

Cesare trazó la punta de un pezón con un dedo y su espina dorsal se arqueó, como por voluntad propia, enviando sensaciones hasta su pelvis. Sus pechos de repente se habían vuelto hipersensibles y cuando empezó a tirar de las prominentes puntas Lizzie dejó escapar un gemido.

Era increíble. Su espalda se arqueaba para tenerlo más cerca, sin pensar, sin querer pensar. Él pasó un dedo por el interior de su muslo hasta llegar a su húmedo centro, deslizándolo ente los delicados pliegues hasta el diminuto capullo escondido entre los rizos.

Lizzie dejó escapar un grito de placer mientras enredaba los dedos en el pelo oscuro. No era capaz de pensar en lo que estaba haciendo. Su corazón latía como si quisiera salirse de su pecho, apenas podía respirar, todo su cuerpo temblando de deseo.

Con la mano libre, Cesare tiró de la camisa, que quedó parcialmente abierta, dejando al descubierto sus pechos desnudos. Cerró la boca sobre un pezón, tirando de él con la lengua y los dientes mientras con los dedos despertaba un erótico incendio entre sus piernas.

Las garras del deseo se clavaron en ella, sorprendida de que algo físico pudiera ser tan intenso que no podía ni luchar contra ello ni controlarlo.

–Me encanta cómo respondes, *mi piace* –murmuró Cesare mientras acariciaba el otro pezón con la lengua.

Lizzie no encontraba su voz, su aliento o una neurona que siguiese funcionando. Todo su ser concentrado en cada caricia, en cada beso. Cuando Cesare se apartó para besar su estómago y siguió hacia abajo no tuvo fuerzas para negárselo.

Estaba utilizando todas las armas que poseía, acariciando los delicados pliegues con la lengua y los dedos hasta que Lizzie no pudo más. Experimentó un intenso placer que la llevó a un sitio desconocido, hacia una cumbre a la que parecía no iba a llegar nunca. Pero el ascenso era imparable. De repente, su cuerpo ya no era suyo y estaba volando como una cometa frente al sol en un orgasmo tan poderoso que llevó lágrimas a sus ojos.

Cesare saltó de la cama, con los puños apretados. ¿Cómo se le había ocurrido? Daba igual lo fuerte que hubiera sido la tentación, no debería haberla tocado. Habían llegado a un acuerdo y el suyo sería un matrimonio de conveniencia. No eran amantes, ni amigos con derecho a roce. Él no quería enfangar las aguas y si no tenía cuidado podría encontrarse más casado de lo que había querido.

Paralizada por una extraña sensación de paz después del orgasmo, Lizzie cerró los ojos, disfrutando de los dulces temblores de placer. Notó que se movía el colchón, pero no abrió los ojos hasta que sonó el teléfono.

Cuando escuchó a Cesare hablando en italiano giró la cabeza y lo vio paseando por la habitación con el teléfono pegado a la oreja. En calzoncillos, su excitación era más que evidente y sintió que le ardía la cara.

Cesare tiró el teléfono sobre la cama.

—¿Quieres ducharte tú primero?

Tan prosaica pregunta hizo que Lizzie se cubriese con la sábana.

—Prefiero volver a mi habitación.

Mientras saltaba de la cama y tomaba a Archie en brazos, Cesare dijo:

—Hemos cometido un error que no volverá a repetirse.

Incómoda, Lizzie intentó tomar su ropa del suelo con una mano.

—¿Eso es todo lo que tienes que decir?

—Solo ha sido sexo, no quiero que le des más vueltas —dijo Cesare—. Nos vemos abajo en una hora. Tengo unos papeles que debes firmar antes de irme.

—¿Te marchas otra vez? —le preguntó ella, intentando controlar su enfado.

—Tenemos cuarenta y ocho horas antes de la boda y pienso utilizarlas —respondió él, aparentemente calmado.

«Solo ha sido sexo, no quiero que le des más vueltas».

Lizzie no podía dejar de pensar en esa frase mientras se duchaba. No le dolía que hubiera dicho eso, claro que no.

«Hemos cometido un error que no volverá a repetirse».

¿No sentía ella lo mismo? No debería haber pasado. Era mucho más sensato no mantener relaciones. De modo que si se sentía un poco dolida era culpa suya por actuar como una tonta. Había compartido su intimidad con él como no lo había hecho con ningún otro hombre en toda su vida, pero ese sería su secreto. No pensaba contárselo a Cesare.

Capítulo 5

LIZZIE abrochó la cremallera del pantalón y estiró el jersey de color lila. Con las elegantes bailarinas, el rostro libre de maquillaje, pero bien hidratado, y el pelo suelto no se parecía nada a la mujer que había sido una semana antes.

Por supuesto, desde unos días antes poseía un amplio guardarropa para cualquier ocasión, aunque probablemente jamás se pondría muchos de los trajes porque no podía imaginar a Cesare llevándola a navegar, por ejemplo, o a cenar en algún sitio elegante o a una gala que exigiera un vestido de noche. Era tirar el dinero, pero ya había descubierto que una vez que Cesare daba instrucciones no había forma de dar marcha atrás. Nadie se atrevería a contradecirlo.

Una pena que ella fuese un poco más rebelde, pensó. Después de una vida entera de penurias económicas, todas esas extravagancias la hacían sentir culpable. Y desayunar en la cama, más aún. Necesitaba buscar una excusa, cualquier excusa, para desayunar sola.

Después de todo, había hecho el ridículo la noche anterior, ¿no?

Lizzie se mordió los labios, notando que le ardía la cara. Pasaría mucho tiempo antes de que pudiese olvidar el éxtasis que había sentido en la cama de Cesare.

Pero, afortunadamente, no habían llegado hasta el final, se recordó a sí misma. Y estaba segura de que eso haría un poco más fácil volver a establecer los límites para la relación.

Ella no era naturalmente lasciva, nunca lo había sido; sencillamente se había dejado llevar por el alcohol, la curiosidad, la tentación. Ella no era como su madre, no era dada a enamoramientos. Durante años el único hombre en su vida había sido Andrew; por eso, la lenta muerte de su relación, que había empezado con tantas esperanzas, fue más dolorosa.

Le parecía indecente que la intimidad que no había explorado con Andrew, a quien amaba, pudiera ser tan tentadora con Cesare Sabatino, un hombre del que no estaba enamorada y que no la respetaba en absoluto.

A Cesare le daba igual lo que fuese de ella o cómo se sintiera después. Sencillamente la había utilizado para conseguir la isla de Lionos y pensaba que pagándole por ese privilegio terminaría con cualquier duda que pudiese tener.

—El señor Sabatino está en su oficina, al final del pasillo —le informó Primo cuando bajó al primer piso.

Enferma de vergüenza, Lizzie encontró la puerta entreabierta y entró sin llamar. Cesare levantó su arrogante cabeza del ordenador con una sonrisa en los labios y le hizo un gesto para que se sentase frente al escritorio... sin dejar de admirar las curvas que revelaba el jersey.

Pero al recordar una imagen de Lizzie en la cama

tuvo que apretar los dientes. No por primera vez la-
mentaba la interrupción que lo había dejado ardiendo
y frustrado como nunca.

Cuando llamó por última vez a Celine, descubrió
que tenía un problema que no había anticipado. Sabiendo que iba a casarse, su amante francesa ya no
quería saber nada de él. Celine quería cuidar su re-
putación porque sus clientes, que le pagaban pequeñas fortunas por anunciar carísimos perfumes, eran
muy conservadores y Cesare entendía que pensase en
su carrera. Pero no sabía cómo iba a soportar los próximos meses estando casado y sin estar casado al
mismo tiempo.

Él no había vivido sin sexo más que un par de semanas desde que era adolescente. ¿Qué iba a hacer,
buscar un sitio discreto para aliviarse? Sin duda, tendría que evitar ser visto con una mujer que no fuese
su esposa o nadie se creería su matrimonio con Lizzie
y ese era un riesgo que no estaba dispuesto a correr.
Le gustase o no, su única opción en los próximos meses era Lizzie Whitaker.

—Estás muy guapa, *cara* –le dijo amablemente.
Pero cuando le llegó su perfume a jazmín recordó el
encuentro que habían mantenido unas horas antes...

Ningún hombre podría olvidar esa pasión, razonó,
exasperado por su obstinada libido y por los efectos
que sus turbulentas hormonas ejercían en su normalmente frío intelecto.

—Gracias, pero en realidad parezco un maniquí, no
soy yo de verdad –replicó Lizzie, incómoda, mientras
se sentaba en el sillón.

—Aprende a aceptar un cumplido –le aconsejó Cesare–. Tienes una figura preciosa, un pelo estupendo y un rostro muy bonito. La ropa solo es un buen marco para una belleza natural.

Lizzie intentó sonreír. Al contrario que ella, Cesare siempre sabía qué debía decir en cada momento.

Pero se sentía vulnerable, casi desnuda en su presencia sin su vestimenta habitual. Aquel mundo era extraño para ella. Le encantaba que la ropa le quedase perfecta, pero se preguntaba si Cesare seguiría deseándola sin esos detalles superficiales... un pensamiento que la hizo sentir inadecuada y un poco patética.

En resumen, el espectacular lujo de su casa, los carísimos trajes y los empleados hacían que se sintiera fuera de lugar. Lo único que faltaba para hacer que quisiera salir corriendo era ese episodio en la cama por la mañana.

–Quiero que firmes unos documentos –dijo Cesare, empujando hacia ella unos papeles–. Necesito tu permiso para hacer obras en la villa de Lionos.

Lizzie frunció el ceño, sorprendida.

–¿Obras? Pero si aún no has visto la casa.

–Eso da igual. Nos casaremos el viernes –le recordó Cesare–. Mientras nosotros estamos de luna de miel en Italia, mi abuela estará en el quirófano, pero en cuanto esté lo bastante fuerte como para viajar iremos a Lionos y nos alojaremos en la villa con ella.

–No sabía que fuéramos a tener una luna de miel.

–Será una luna de miel a los ojos de los demás –dijo Cesare.

–¿Y tu abuela?

–Athene es fuerte, pero es una mujer mayor. No

quiero que sepa que nuestro matrimonio es falso. Si supiera la verdad se sentiría responsable e infeliz.

–Sí, lo entiendo –asintió ella.

Cesare emanaba elegancia con su traje de chaqueta oscuro, pero desgraciadamente para Lizzie, seguía viéndolo en calzoncillos, la viva imagen del vigor masculino, y tuvo que morderse los labios con fuerza para apartar esa imagen de su cabeza.

–Antes de alojarnos en la villa hay que hacer unas pequeñas reformas y para eso necesito tu permiso ya que la propiedad sigue siendo tuya y de tu hermana.

–¿Qué clase de reformas?

–Primo irá a la isla con un equipo de gente para cambiar la cocina y el baño. Hay que poner la casa al día antes de alojarnos allí. Quiero asegurarme de que mi abuela disfrute de su estancia.

–¿No crees que tu abuela tal vez no quiera cambios? Al fin y al cabo pasó su infancia en esa casa y tal vez querría conservar las cosas como están –dijo Lizzie.

–Podrías tener razón, pero no creo que la casa siga como cuando ella era pequeña. Además, es una mujer muy práctica y le gusta estar cómoda.

–Por lo que contaba mi madre, también habría que cambiar la mayoría de los muebles –dijo Lizzie–. Y si no tienen cuidado, una vez que empiecen a tocar las paredes la villa podría venirse abajo.

Cesare esbozó una sonrisa.

–Créeme, estoy dispuesto a pagar lo que haga falta para que eso no ocurra, *cara*.

Lizzie se encogió de hombros porque le daba igual lo que hiciera con una casa que nunca había visto y solo visitaría brevemente. Pero era doloroso recordar que solo la quería porque poseía una isla y podía vendérsela si se casaba con él. Nadie podría hacer una relación de eso, se dijo a sí misma.

Intentando disimular su angustia, firmó los documentos que tenía delante y le dio la dirección de su hermana para que se los enviase por mensajería.

Afortunadamente, Archie le sacó una sonrisa cuando asomó la cabecita por la puerta y trotó por el suelo de madera para saludarla.

Cesare vio al perrito recibir un cariñoso saludo y decidió que podía aprender de él. Archie tenía un aspecto patético con la escayola. Daba vueltas sobre sí mismo para que Lizzie lo acariciase, haciendo un esfuerzo para levantarse y empezar otra vez.

Un perro muy listo.

Cesare se inclinó para ayudarlo a ponerse en pie y cuando Lizzie se encontró con unos preciosos ojos dorados rodeados de largas pestañas se olvidó de respirar, la tensión haciendo que sus músculos se contrajesen mientras se acercaba a la puerta, deseando alejarse lo antes posible.

–¿Tu padre y tu hermana acudirán a la boda? –le preguntó Cesare antes de que saliera.

–Sí... –Lizzie tuvo que aclararse la garganta–. Y llamaré a Chrissie ahora mismo para decirle que esta tarde le llegarán unos documentos que debe firmar.

–Dudo que volvamos a vernos antes de la boda –dijo Cesare–. Intenta no dar un salto cuando me acerco, por favor. Si lo haces el día de la boda, eso nos delataría.

Ella se puso colorada.

–Y tú intenta mantener las distancias.

Bueno, había dejado claro lo que sentía, pensó Cesare. Estaba enfadada con él. Había sido poco diplomático después de la llamada de teléfono, pero estaba diciendo la verdad.

¿Las mujeres siempre castigaban a los hombres por decir la verdad? Si querían que su acuerdo funcionase tendrían que hacer un esfuerzo... no solo él, los dos.

Lizzie podría ser una buscavidas que había elegido el dinero antes que la ética, ¿pero cómo podía juzgarla cuando había vivido en la pobreza durante tantos años? No era un crimen que quisiera mejorar su vida vendiendo una isla que no significaba nada para ella. ¿Y cómo iba a tildarla de avariciosa cuando era él quien había propuesto el acuerdo?

Era injusto por su parte verla como una mercenaria, tuvo que reconocer. Serafina había tomado la decisión de romper con él y casarse con un hombre mucho más rico, aunque también mucho mayor, pero tenía que dejar de juzgar a las mujeres por los errores de Serafina y ser más generoso con Lizzie.

En cualquier caso, como su esposa y potencial madre de su hijo, Lizzie también era el equivalente a un proyecto a largo plazo y de alguna forma tendría que hacerla feliz porque si no lo hacía todos sus planes se quedarían en nada.

–¡Es precioso! –exclamó Chrissie mientras Lizzie daba una vueltecita con su vestido de novia; los delgados hombros y brazos envueltos en el más fino encaje, la diminuta cintura acentuada por la larga falda de capa.

—Aunque lo disimule, mi hermano es un romántico. Le encantará este vestido –dijo Maurizia.

—Lo estoy pasando de maravilla. Ojalá hubiera podido venir a tu despedida de soltera –se lamentó Chrissie, con el vestido de color topacio que llevaban todas las damas de honor–. Estás muy guapa, por cierto.

Lizzie miró con cariño a su hermana, pensando que, con sus perfectas facciones y su estatura, era la verdadera belleza de la familia.

—Un regalo de Cesare–anunció Sofia, poniendo un joyero en sus manos.

Dentro del joyero había un precioso y delicado collar de diamantes con pendientes a juego que Lizzie miró, sorprendida, mientras escuchaba las exclamaciones de admiración de sus acompañantes. Por supuesto, Cesare lo hacía todo cara a la galería, asumiendo el papel de novio enamorado.

Mientras se ponía el collar y los pendientes tuvo que reconocer que le gustaría que su boda fuese real. Le encantaba la familia de Cesare y habría dado cualquier cosa porque fuese su familia, pero la verdad era que estaba engañándolos a todos y que pronto también engañaría a la abuela de Cesare.

—¿Estás segura? –susurró Chrissie en la puerta de la iglesia, mientras le colocaba el velo–. Porque aún no es demasiado tarde para cambiar de opinión. Dímelo y llamaré a un taxi.

—¿Estás intentando crear problemas? Pues claro

que no va a cambiar de opinión –exclamó Brian Whitaker, exasperado–. ¡Ese Sabatino tiene que ser lo mejor que le ha pasado en la vida! Al menos el tipo tiene sentido común.

–Eso pensamos nosotras –intervino Paula, sin dudar–. Pero a veces las novias tienen nervios de última hora.

–No, no los tengo –afirmó Lizzie, pasando una mano por la falda del vestido, incómoda por las palabras de su padre, que no conocía el sentido del tacto.

Cesare se volvió para mirarla cuando llegó al altar. Los ojos de color bronce derretido se clavaron en ella y Lizzie dejó de respirar, asustada por la firmeza que había en esa mirada.

No tenía dudas, pensó. Sabía muy bien lo que estaban a punto de hacer. Había aceptado los términos y estaba concentrado en el final del juego. Y ella tenía que hacer lo mismo, se dijo a sí misma. Tenía que dejar de personalizar su relación y dejar de preguntarse si la besaría después de la ceremonia. Esos pensamientos traidores no tenían nada que ver con el acuerdo al que habían llegado y eran totalmente inapropiados, se dijo a sí misma, exasperada.

–Estás guapísima –murmuró Cesare mientras le ponía el anillo en el dedo y ella hacía lo propio, pero con manos temblorosas.

En realidad, se había quedado sorprendido por su belleza al verla vestida de novia. El efecto que ejercía en él era un poco irritante. Era su libido, se decía a sí mismo, impaciente. Mientras cumpliese la regla de desechar cualquier conexión emocional todo iría bien, sin problemas.

Cuando terminó la ceremonia y estaban casados no hubo beso ni instrucciones del sacerdote para besar a la novia. Con una mano temblorosa sobre el brazo de Cesare, Lizzie recorría la iglesia viendo un mar de caras sonrientes a cada lado. Desde luego, no era una boda discreta porque la enorme iglesia estaba llena de invitados.

En los escalones de la iglesia, Cesare se acercó a una mujer diminuta de ojos castaños y rostro arrugado.

–Athene, te presento a Elisabetta –murmuró–. Lizzie, te presento a mi abuela.

Athene sonrió mientras apretaba su mano, con un brillo sabio en los ojos.

–Eres muy guapa.

–Gracias.

–Hablaremos más tarde –le prometió la abuela de Cesare.

Más tarde se convirtió en «mucho más tarde» porque todos querían felicitar a los novios en el hotel elegido para celebrar el banquete, un sitio muy lujoso, con un famoso cantante que entretuvo a los invitados hasta que llegó la hora de los discursos y el primer baile de los novios.

Entre los poderosos brazos de Cesare, y rodeada de tantas personas felices, Lizzie tenía que hacer un esfuerzo para recordar que aquella boda era una farsa.

De hecho, cuando Cesare inclinó su oscura cabeza para besarla, Lizzie estaba tan poco preparada que se dejó atrapar por el beso como un niño cayendo a un pozo sin fondo.

La lengua de Cesare se deslizó por su paladar, provocando una emoción embriagadora. Como borracha, echó la cabeza hacia atrás y alargó las manos para tocar su pelo. Era como estar en el cielo, algo devastador, maravilloso. Estaba descubriendo un lado sensual que desconocía... con el hombre equivocado sencillamente para impresionar a los que miraban.

Intentando rechazar esa humillante imagen, Lizzie levantó la cabeza y se apartó uno poco.

–Ya está bien... –murmuró.

–Pero si no hemos hecho nada, *bellezza mia* –dijo Cesare, con voz ronca–. Te deseo, Lizzie.

Ella tuvo que tragar saliva, nerviosa.

–Ya hemos hablado de eso y decidimos que no era sensato.

–¡Al demonio con la sensatez! –exclamó Cesare, clavando en ella sus ojos dorados, tan apuesto en ese momento que Lizzie se quedó sin respiración–. La pasión no es sensata... ¿es que no lo sabes?

No, pero él estaba enseñándole lo que nunca había querido saber. Experimentar era aceptable para Lizzie mientras pudiese mantener el control. No quería perderlo, no quería arriesgarse a resultar herida o hacer el ridículo. De repente, sus peores miedos se habían hecho realidad en forma de Cesare Sabatino y acababa de casarse con él.

Sofia se acercó en ese momento.

–Athene quiere que te sientes un rato con ella. Supongo que quiere conocerte un poco más... Cesare es su nieto favorito.

Lizzie esbozó una sonrisa.

–Claro, es el único chico.

–Prácticamente lo crio ella, por eso se quieren tanto

–le explicó Sofia–. Cesare solo tenía cuatro años cuando nuestra madre se casó con Goffredo y, aunque debería haber vivido con ellos, Athene no podía separarse de él y mi padre no quiso intervenir. Cesare nunca ha sido fácil y... bueno, son muy diferentes.

–Goffredo es un cielo –dijo Lizzie–. Sois muy afortunadas.

–Cesare es demasiado inteligente –opinó su hermana–. Pero era un niño muy rebelde.

Lizzie sonrió.

–Ya me lo imagino. Le gusta salirse con la suya.

Athene señaló una silla al lado de la suya.

–Ven, siéntate.

–Encantada de conocerte, Athene.

–Lo mismo digo, hija. Bueno, háblame de ti. Soy la típica abuela cotilla –le confesó.

Naturalmente le preguntó por su madre, a quien Athene había conocido cuando Goffredo salía con ella.

–Mi hijo no hubiera podido hacerla feliz –dijo la abuela de Cesare, con cara de pena–. Francesca siempre estaba insatisfecha y no le gustaba que Goffredo ya tuviese un hijo. La verdad es que no me sorprendió que rompiera el compromiso.

–En realidad, mi madre nunca fue feliz con ningún hombre –admitió Lizzie.

–Imagino que debió ser duro para tu hermana y para ti. Las cosas que uno ve de niño siempre dejan marca –dijo Athene–. Yo creo que es por eso por lo que Cesare ha tardado tanto en olvidar a Serafina.

–¿Serafina? –repitió Lizzie, preguntándose si era un nombre que debería conocer y si eso haría que Athene sospechase.

–Ya imaginé que Cesare no te habría hablado de ella. Mi nieto esconde su vulnerabilidad de manera muy efectiva.

Lizzie tuvo que hacer un esfuerzo para contener la tentación de decir que ella no creía que fuese vulnerable.

–Cesare se enamoró de Serafina cuando era un estudiante. Quería casarse con ella, pero Serafina decía que eran demasiado jóvenes –empezó a contarle Athene, sus ojos sabios clavados en la seria expresión de Lizzie–. Entonces conoció a un hombre muy rico de más de setenta años y unas semanas después se casó con él.

Lizzie hizo un gesto de consternación.

–Imagino que eso debió ser muy doloroso para Cesare –murmuró, pensando que tal vez lo había juzgado mal al pensar que no tenía corazón ni sitio en su vida más que para los negocios y el dinero.

–Pero hoy sé que por fin ha olvidado a Serafina –proclamó la abuela, satisfecha, dándole una palmadita en la mano–. Me alegro mucho de que Cesare se haya casado contigo y haya cambiado el curso de su vida.

Lizzie sabía que no era así, pero no podía decir nada. Estaba descubriendo de quién había heredado Goffredo su actitud optimista, de su madre. No dejaba de sorprenderla que Cesare hubiese crecido rodeado de gente de tan alegre disposición y, sin embargo, fuese tan frío, tan serio. Tal vez, en secreto, temía que su familia lo ablandase.

Un par de horas después, Lizzie subía al jet privado de Cesare. Le dolían los pies después de tantas horas subida a unos tacones e incluso el corto paseo del coche al avión había sido una tortura, de modo que se dejó caer sobre el asiento y se quitó los zapatos con inmenso alivio.

–Lo has hecho muy bien –dijo Cesare, sentándose a su lado–. No creo que nadie haya sospechado nada.

–Tu padre lo sabe –le recordó ella.

–Sí, pero dentro de dos semanas se habrá convencido a sí mismo de que estamos locamente enamorados –dijo Cesare, irónico–. Así es Goffredo.

–Tienes una familia maravillosa –replicó Lizzie–. No los critiques.

–No estoy criticando.

–Te quieren mucho y no les da miedo demostrarlo.

Cesare estuvo a punto de replicar, pero entonces recordó el comportamiento de su suegro. Brian Whitaker había rechazado la oportunidad de decir unas palabras durante el banquete y había estado solo, sin acercarse a su hija y sin sonreír siquiera para las fotografías.

–Tu padre es... diferente –admitió–. No es muy extrovertido.

–Desde que mi madre lo dejó se volvió un amargado –murmuró Lizzie–. Y la vida ha sido dura para él desde entonces. Estará más contento viviendo en el pueblo. Creo que será un alivio para él no tener que estar mirando por la ventana todo el día, irritado por todas las tareas que no me da tiempo a terminar.

–¿También es un alivio para ti? –le preguntó Cesare, pensando en las largas y duras horas de trabajo que debía haber soportado para llevar la granja sin ayuda.

Lizzie asintió con la cabeza.

–En una granja hay que trabajar desde la salida del sol hasta la noche, hay que preocuparse de mil cosas y, sinceramente, no lamento nada dejar atrás todo eso. El banco amenazaba con obligarnos a pagar el préstamo en su totalidad y... en fin, esa fue la gota que colmó el vaso. Y Chrissie, cuando me dijo que no podía seguir estudiando porque se quedaba dormida en las clases, agotada de tanto trabajar... pobrecita. Mi hermana tiene que terminar la carrera, es muy importante para mí.

Cesare la escuchaba en silencio.

–¿Es por eso por lo que cambiaste de opinión?

–Sí, por eso.

–Yo no sabía que la situación fuese tan difícil.

–Pero dijiste que conocías nuestra situación –le recordó ella, sorprendida–. Pensé que habías contratado un detective privado o algo así antes de ir a la granja.

–No, no lo hice. No sabía nada del préstamo ni que tu hermana hubiera tenido que dejar los estudios. Solo sabía que tu padre estaba enfermo y que tú intentabas mantener la granja a flote.

–Bueno, pues ya conoces toda la historia –dijo Lizzie–. Estaba dispuesta a vender mi alma por unas monedas de plata.

–No –la voz de Cesare vibró en el silencioso interior del avión–. Estabas desesperada por proteger a tu familia y no te importaba lo que eso te costase a ti misma. Eres una persona leal y eso es algo que admiro mucho.

Después de eso volvió a trabajar en su ordenador, aunque empujado por algo que no podía controlar de vez en cuando la miraba de reojo. Lizzie estaba leyendo una revista y haciendo muecas cuando veía un vestido demasiado exagerado o moderno mientras, distraída, acariciaba a Archie, sentado sobre sus rodillas.

Era tan natural, tan inocente. Lo que uno veía en Lizzie Whitaker era lo que había y se dio cuenta de que la había juzgado mal.

Era un descubrimiento curioso y extraño para un hombre que se enorgullecía de su habilidad para juzgar a los demás. Se había equivocado con ella. Lizzie no era una buscavidas, sencillamente se había visto empujada por la desesperación.

–¿Por qué llevabas esas mechas castañas en el pelo? –le preguntó abruptamente.

–¿Qué? –Lizzie giró la cabeza, sorprendida.

–Esas mechas castañas que llevabas en el pelo el día que te conocí.

Ella empezó a jugar con su pelo, nerviosa.

–A Andrew no le gustaba mi pelo. Decía que llamaba demasiado la atención porque parecía blanco y de lejos la gente pensaba que era una anciana –le confesó.

–¿Y te lo teñiste por eso? Tienes un pelo precioso, de un color inusual. Es muy bonito, *cara*.

Lizzie se encogió de hombros, pero no pudo disimular una sonrisa de agradecimiento. Nerviosa, volvió a concentrarse en la revista, sintiendo un extraño calor entre las piernas.

Cesare era tan guapo que era lógico sentirse atraída por él, se decía a sí misma, pero tenía que mantener los pies en el suelo y aprender a distinguir entre lo que era real y lo que era falso.

Una limusina fue a buscarlos al aeropuerto y ya en la carretera Lizzie disfrutó de un paisaje fabuloso. La primavera aún no había terminado y todos los campos estaban verdes. Había pueblos medievales, diminutos, olivos, encinas, cipreses y pinos. Lizzie estaba encantada y no dejaba de hacer preguntas.

—Aún no me has dicho dónde vamos.

—Ya casi hemos llegado. Mira, ¿ves esa casa en la colina?

De lejos parecía una granja rústica y Lizzie parpadeó porque no era lo que ella había esperado. Cesare era un hombre tan sofisticado que pensó que irían a un spa o algo parecido.

—No te pega.

—Me encantan los edificios antiguos. La primera vez que vine a Italia tuve que refugiarme en el establo de esa casa, que entonces estaba en ruinas. En medio de la noche el techo se hundió y juré que compararía la propiedad cuando ganase mi primer millón.

—¿Tu primer millón? –repitió ella.

—Las reformas costaron un dineral –respondió Cesare alegremente.

Poco después llegaron a un patio de piedra decorado con grandes tiestos. Una mujer gruesa con delantal salió a recibirlos. Era Maria, el ama de llaves y, aparentemente, la mayor fan de Cesare.

Lizzie miró el interior de la casa con interés. Frente al vestíbulo había un salón con una chimenea de piedra y sofás de color turquesa. El exterior podía ser antiguo, rústico, pero el interior era pura elegancia contemporánea.

Maria la llevó al piso de arriba, hasta un dormitorio con una ventana desde la que se veía todo el valle. Lizzie estaba admirando la cama con dosel mientras se preguntaba dónde dormiría Cesare cuando el chófer subió las maletas... seguido de Cesare, muy atractivo con un pantalón caqui y una camisa de diseño italiano.

—¿Cuál es tu habitación? —le preguntó Lizzie cuando se quedaron solos.

—Vamos a compartirla —respondió el—. Recuerda que estamos casados.

—No pienso compartir cama contigo —dijo ella, consternada.

—Estamos casados y tenemos que hacer el papel —insistió él—. Hemos llegado hasta aquí y sería una estupidez arriesgarse usando habitaciones separadas.

Lizzie se quitó los zapatos, pensativa.

—Maria no dirá nada.

—Ella no es la única empleada de la casa.

—Muy bien, de acuerdo. Pero tendrás que quedarte en tu lado de la cama.

—¿Ahora tenemos cinco años? —replicó Cesare, mirándola con gesto de incredulidad—. No tiene tanta importancia, no exageres.

Lizzie clavó en él sus ojos verdes.

—No estoy acostumbrada a compartir cama, para mí sí es importante.

–Lo hablaremos durante la cena.

Ella dejó escapar un suspiro de irritación.

–Quiero hablarlo ahora. Sencillamente, no quiero hacerlo.

–Hace cuarenta y ocho horas sí querías –replicó él, sus ojos dorados brillando al recordarlo.

Lizzie se puso colorada.

–Me preguntaba cuánto tiempo tardarías en echármelo en cara. Estaba borracha, Cesare.

–Al menos ya sabes lo que quieres cuando estás borracha –dijo él.

Lizzie cerró la puerta para que nadie pudiese escuchar la conversación.

–¿Cómo puedes decir algo tan horrible?

–Te guste o no, es la verdad. Tú me deseas tanto como yo a ti, lo que pasa es que no quieres admitirlo.

Lizzie se enfureció tanto por esa afirmación que entró en el cuarto de baño y cerró de un portazo para escapar de él. Suspirando, admiró la antigua bañera de hierro bajo la ventana, las paredes de piedra y el suelo de mármol pálido.

–¡Y esconderte en el baño no va a convencerme de lo contrario! –gritó Cesare desde la habitación.

Lizzie volvió a abrir la puerta para tomar su maleta.

–No estoy escondiéndome.

–Mírame, *bellezza mia*.

Casi involuntariamente Lizzie levantó la cabeza, ruborizada, los ojos velados por las pestañas.

–¿Para qué?

–Quiero que tengamos un hijo de la manera normal. No quiero usar inseminación artificial. Si vamos a ser padres, vamos a intentar hacerlo bien –respondió él, tomando su cara entre las manos.

Eso la dejó por completo sorprendida. Le ardía la cara y peor, el calor descendió hasta quedarse entre sus piernas.

–Pero no es eso lo que acordamos.

–No acordamos nada sobre ese tema. Tú hiciste una sugerencia, nada más. A mí no me gustó, pero no lo discutimos porque no quería que te negaras a casarte conmigo –admitió Cesare.

Su sinceridad la sorprendió. Quería tener un hijo con ella.

«Quiero que tengamos un hijo de la manera normal. No quiero usar inseminación artificial. Si vamos a ser padres, vamos a intentar hacerlo bien».

Esas palabras hacían que se le derritiera el corazón, pero intentó disimular. No sería seguro ni sensato hacer el amor con Cesare Sabatino porque rompería las barreras que con tanto cuidado había ido levantando, pero la idea de la inseminación artificial le parecía cada vez menos atractiva.

–Me lo pensaré –murmuró por fin–. Ahora, si no te importa, me gustaría cambiarme de ropa.

–Yo voy a ducharme –dijo él, quitándose la camisa sin inhibición alguna.

Lizzie apartó la mirada, con el corazón acelerado, pero la imagen del torso ancho y moreno estaba grabada en su cerebro. Suspirando, sacó una bata de la maleta mientras, de reojo, veía a Cesare desnudo como el día que llegó al mundo.

Eran tan diferentes, no tenían nada en común. Él lo había visto todo, lo había hecho todo, mientras ella solo había podido soñar. Si se acostaba con él empezaría a sentir algo, no tenía la menor duda, y acabaría sufriendo porque él no iba a responder a esos sentimientos. O tal vez descubriría que era la clase de mujer que podía mantener relaciones sexuales sin involucrar sus sentimientos, pensó.

Quizá no se enamoraría de él y se alegraría cuando llegase el momento de decirse adiós. ¿Cómo iba a saber cuál sería su reacción?

Cuando Cesare terminó de ducharse, lo hizo ella. Sin una gota de maquillaje, se puso solo un poco de colorete y brillo en los labios. Más tarde, en el vestidor, eligió una falda larga, un top de manga larga y sandalias planas. Cuando reapareció, la criada estaba arreglando la habitación y, después de saludarla, Lizzie bajó al primer piso.

Cesare la esperaba frente a la puerta de cristal que daba al patio.

−¿Quieres ver la casa antes de cenar?

−¿Dónde está Archie? –preguntó ella.

Cesare puso un dedo sobre sus labios y señaló el suelo con la otra mano. Archie estaba tumbado sobre una alfombra, roncando a pleno pulmón.

Luego la llevó a un patio cubierto donde Maria estaba cubriendo la mesa con un mantel de lino blanco y Lizzie admiró la piscina gigante y el precioso valle.

−El paisaje es maravilloso. No me sorprende que te enamorases de este sitio.

De repente, Cesare tomó su mano.

−Este matrimonio puede ser tan real como tú quieras, *bellezza mia* –le dijo en voz baja.

Lizzie sintió que se ponía colorada. Real no significaba para siempre, ¿no? ¿Pero cuántos matrimonios duraban para siempre? Estaban juntos en ese momento y lo estarían hasta que naciese el niño. El hijo que anhelaba, se recordó a sí misma. Si la relación entre ellos era buena sería más fácil compartir a su hijo en el futuro.

–Podemos intentarlo –dijo por fin–. Pero no voy a hacer ninguna promesa.

Cesare esbozó una sonrisa brillante y alegre que iluminaba sus oscuras facciones y destacaba su apasionada y obstinada boca.

–Intentaré asegurarme de que no lo lamentas, *cara*.

Capítulo 6

ARIA nos está ofreciendo todo su repertorio para la cena —comentó Cesare, divertido, mientras probaba una serie de platos de aspecto muy apetitoso.

Aún incapaz de creer que su matrimonio fuese real, Lizzie estaba demasiado estresada como para comer. Solo pudo probar un mordisco aquí y allá, disculpándose ante la cocinera cuando salió al patio con un fabuloso pastel de chocolate.

Estaban a punto de embarcarse en aquel matrimonio como si fueran una pareja normal y aquella era su noche de bodas.

De repente, Lizzie pensó en algo que ni siquiera había tomado en consideración hasta ese momento. Si admitía que seguía siendo virgen, Cesare pensaría que era una persona rara. Después de todo, sabía que había estado comprometida con Andrew. No, sería mejor no decir nada, decidió, y esperar que no se diese cuenta.

—Apenas has probado el vino —comentó Cesare, preguntándose por qué estaba tan callada.

Tampoco era charlatana, tuvo que reconocer. De hecho, era una persona más bien tranquila y desconcertantemente atractiva.

–En fin, con nuestros planes... he pensado que sería mejor abstenerme.

–¿Beber alcohol limita las posibilidades de quedar
embarazada?

«Mátame», pensó Lizzie melodramáticamente.

–Aún no se sabe si es verdad, así que me ha parecido más juicioso no beber nada.

–¿Es por eso por lo que decidiste pasarlo tan bien
en la despedida de soltera? –le preguntó Cesare, tenso
al recordarla en la pista de baile, llena de vitalidad y
alegría.

–No, eso no fue planeado. Echaba de menos a
Chrissie –admitió ella, poniéndose colorada–. Además, hacía muchísimo tiempo que no salía a bailar y
pasarlo bien.

–No te preocupes, esas cosas pasan –dijo Cesare,
sus increíbles ojos de color bronce brillando a la luz
de la velas.

Era tan... excitante, pensó Lizzie, medio mareada.
Se había casado con él, estaba a punto de compartir
cama con él... y estaba encogiéndose de miedo. ¿Qué
le pasaba? La química que él había mencionado en
el dormitorio existía entre ellos, era cierto. Cesare la
encendía de una forma que ya no podía disimular.

Con un abrupto movimiento se levantó de la silla
para acercarse a la barandilla del patio y estudiar las
luces del pueblo fortificado al otro lado del valle.

Su corazón estaba tan protegido como ese pueblo,
escondido detrás de altas murallas, se recordó a sí
misma. Acostarse con Cesare no significaba nada. No
iba a enamorarse de él ni a esperar que él lo hiciese

de ella. Había visto a su madre pasando de un hombre a otro, enganchada al amor, su droga favorita.

Ella había amado una vez y había aprendido la lección. Si ni siquiera había salido bien con Andrew, había muy pocas posibilidades de que saliera bien con otro hombre. Pero tendría un hijo al que amar, se dijo a sí misma a modo de consuelo.

–Estás muy tensa, *cara* –susurró Cesare, poniendo las manos sobre sus hombros–. No tienes que hacer nada que no quieras hacer.

Que hubiese notado su tensión mortificaba a Lizzie. En realidad, el problema era que lo deseaba demasiado y temía la potencia de ese deseo. Él le dio la vuelta en el círculo de sus brazos y a Lizzie se le doblaron las rodillas.

–Lo sé –murmuró, valiente, preguntándose por qué para Cesare era tan fácil ese cambio en la relación.

¿Los hombres eran así? ¿Era Cesare más adaptable que ella? Lo único que debía unirlos era el sexo y la esperanza de concebir un hijo, pero eso era algo tan extraño para Lizzie.

Solo sexo, nada importante, había dicho él en su casa de Londres, cuando el mundo de Lizzie se había puesto patas arriba. Era cierto que solo ella había recibido placer, pero su frialdad al hablar de lo que había ocurrido la había dejado helada.

Sin embargo, no podía apartar la mirada de esa apasionada boca.

Cesare la estudiaba con ojos velados, el deseo recorriéndolo con la fuerza del rayo. No podía apartar los ojos de su boca y las puntas de sus pechos, que se marcaban claramente bajo el top.

Hacía muchos años que no se sentía tan excitado por una mujer. Quería acostarse con ella y lo antes posible. No había estado con nadie desde el día que la conoció y eso era un problema. No había deseado a Celine cuando tuvo oportunidad y ninguna otra mujer había despertado su atención.

Por supuesto, el problema no era que su aventura con Celine hubiese llegado a su lógico final, dejándolo aburrido. Lizzie era nueva, diferente, ese era su atractivo. Había algo extrañamente excitante en la idea de dejarla embarazada. No sabía por qué, pero eso lo excitaba de una forma increíble. Habría dejado el banquete de Maria para ir directamente al dormitorio si ella hiciese la menor insinuación.

Intentando apartar de sí tan absurdos pensamientos, Cesare miró a su flamante esposa... su esposa. Legalmente suya para protegerla y cuidarla. La envolvió en sus brazos y la besó, dejando escapar un gemido ronco al sentir el roce de sus pechos. Le gustaba que la llevase en brazos, ella misma lo había reconocido, de modo que la tomó en brazos para llevarla al dormitorio.

Archie se levantó entonces de la alfombra y empezó a ladrar, consternado.

–Calla, Archie –lo regañó Cesare–. No puedes entrometerte entre un hombre y su esposa. Y te lo advierto, Lizzie, esta noche no va a dormir con nosotros.

Lizzie, aún sintiendo un cosquilleo en los labios, no podía dejar de pensar que esa noche dormiría con Cesare. Mientras la llevaba al piso de arriba decidió que estaba convirtiéndose en una mujer lasciva... y le daba igual.

Un gemido escapó de sus labios al ver el dormitorio, que había sido transformado con velas y flores mientras ellos cenaban. Había velas y pétalos blancos por todas partes.

–¿Tú has organizado esto? –le preguntó cuando la dejó sobre la cama.

Cesare rio.

–Maria llevaba mucho tiempo esperando que encontrase una esposa y supongo que está celebrándolo.

Lizzie sintió una repentina timidez cuando Cesare la miró, las luces del jardín destacando sus altos pómulos y dándole una cualidad enigmática. Era hermoso, oscuro, exótico, tan atractivo y masculino.

Con mano firme, Cesare apartó el pelo de su cara, dejando que un mechón se deslizase entre sus dedos. Luego levantó su barbilla para reclamar otro beso, aplastando sus labios mientras ella se agarraba a sus hombros.

–He estado pensando en esto desde el día que te conocí –le dijo, sobre su boca, la ronca voz masculina resonando en su espina dorsal, la esencia de la masculinidad.

–Por favor, no me digas que es un cumplido que debería agradecer. La primera vez que me viste llevaba un mono de trabajo y estaba hecha un asco –protesto Lizzie, riendo.

–Nunca se sabe lo que despierta la libido masculina –dijo Cesare–. Vi tu cara, tu piel, tus ojos... y eso fue suficiente, *delicia mia*.

–Me encanta que hables en italiano –le confesó Lizzie–. Podrías estar recitando la tabla de multiplicar y me daría igual. Es tu acento, tu voz, el tono que usas.

Sorprendido por tanta locuacidad, Cesare esbozó una sonrisa que transformaba su rostro, borrando todo rastro de frialdad.

–Lo que más me gusta de ti es que me sorprendes todo el tiempo.

–Ahora mismo me estoy sorprendiendo a mí misma –asintió Lizzie, pensando que estaba siendo demasiado impetuosa. Y después de crecer con una impetuosa madre, eso no era algo que le gustase.

Pero ella no era su madre, se recordó a sí misma. Y a los veinticuatro años, era lo bastante adulta como para tomar sus propias decisiones.

Cuando Cesare tomó su boca en un largo y embriagador beso mantenerse fría era imposible. Experimentaba una tensión diferente. De repente, notaba la seda rozando sus pezones y la humedad entre sus piernas. Su cuerpo estaba respondiendo a la química que había entre ellos como con vida propia, como una flor abriéndose bajo el sol. Solo era química, solo sexo, se repitió a sí misma. No había nada que temer, nada de lo que avergonzarse. No tenía que protegerse a sí misma. En el fondo, estaba empezando a entender que las desastrosas aventuras amorosas de su madre habían hecho que no quisiera arriesgarse con un hombre.

El top de seda cayó al suelo y, dejando escapar un suspiro de admiración, Cesare cerró las manos sobre sus pechos, capturando sus pezones con los pulgares hasta que se pusieron duros, tensos.

Lizzie, nerviosa, alargó una mano para quitarle la camisa.

–Ah, gracias. Olvido lo que tengo que hacer cuando estoy contigo, *delizia mia*.

Lizzie tiró de la camisa para acariciar su piel desnuda, los hombros anchos, masculinos... adoraba su calor, su fuerza.

Cesare la besó en el cuello, pasando la punta de la lengua por las delicadas clavículas y luego, empujándola sobre la cama, por sus costillas y sus pechos, haciéndola gemir de deseo cada vez que capturaba sus pezones con los labios.

La pasión se apoderó de Lizzie, la temperatura de su cuerpo por las nubes, la frente cubierta de sudor y el corazón latiendo como el aleteo de un pájaro. Enredó los dedos en el pelo oscuro y lo besó con ansia mientras él deslizaba los dedos por el interior de sus muslos. Lizzie apretó los dientes cuando tiró hacia abajo de las braguitas. Deseaba tanto que la tocase que le dolía.

–Estoy intentando ir despacio –murmuró él– pero me siento como un tren exprés.

–Hablas demasiado.

Haciendo un esfuerzo sobrehumano, Cesare dio un paso atrás para apartarse de la tentación. Las prisas nunca eran buenas, sobre todo la primera vez. Pero ninguna mujer había respondido con tanta pasión como Lizzie y eso lo encendía más que nunca.

Cesare se quitó la camisa, los pantalones, se lo quitó todo y volvió desnudo a su lado, disfrutando del rubor en sus mejillas. No recordaba la última vez que había visto a una mujer ruborizarse. ¿Y en el dormitorio? Nunca.

Lizzie se sentía como transfigurada. Allí estaba Cesare, en toda su gloria, todas sus preguntas respondidas en ese momento.

Tomándola entre sus brazos, la desnudó para dejarla en el centro de la cama.

–Creo que deberíamos apagar las velas –sugirió ella, temblando de vergüenza e intentando taparse con la sábana.

Sonriendo, Cesare alargó un brazo para apartar la sábana.

–Esto no va a contenerme –le advirtió–. Me gusta verte desnuda. Además, ya te había visto.

–Ya, pero eso era diferente... tenía resaca –le recordó Lizzie.

Cesare empezó a acariciarla, buscando su pulso, sus zonas erógenas. Un beso se convertía en otro y permanecer quieta empezaba a ser imposible. Sus pezones necesitaban atención y quería que la tocase allí, entre las piernas.

Y cuando lo hizo arqueó la espalda, dejando escapar un gemido.

–Estás tan húmeda, tan preparada para mí.

Lizzie cerró los ojos, intentando no traicionar que todo aquello era nuevo para ella, pero Cesare la seducía hasta hacer que perdiese el control. Abrió los labios, alargando el cuello, los tendones estirándose cuando la estimulación se volvió insoportable.

–Tú sabes que esta será una primera vez para mí, *cara* –le confió Cesare, pasando la punta de la lengua por un túrgido pezón.

–¿Qué?

–El sexo sin preservativo... nunca lo había hecho y me excita mucho –admitió Cesare con voz ronca, acercándose más, haciéndole notar la dura erección.

Lizzie intentaba no pensar en su tamaño. Ella era

una mujer moderna y sabía de esas cosas por los cotilleos de las revistas. Ser virgen no significaba que fuese ignorante del todo, se dijo a sí misma, intentando consolarse.

Cesare jugaba con su húmeda abertura, haciendo círculos sobre el capullo escondido entre los rizos con el dedo hasta que, casi sin advertencia, una fuerza salvaje de sensaciones irresistibles la envolvió. Abrió los ojos de repente y se echó hacia delante, sollozando, temblando ante un terremoto de intenso placer.

Cesare se colocó entonces sus piernas sobre los hombros y se enterró en el estrecho túnel. Por un momento pensó que no podría hacerlo, que no sería capaz, pero aquello era exactamente lo que su cuerpo deseaba. De hecho, todo era maravilloso hasta que se hundió un poco más... entonces sintió un dolor agudo que la hizo gritar.

Cesare se detuvo, alarmado.

—No puede ser. Tú no puedes ser...

Furiosa por su propia debilidad, Lizzie lanzó sobre él una mirada que habría hecho detenerse a un oso.

—Bueno, pero no pares ahora.

—¿Eres virgen? —le preguntó Cesare, incrédulo, apoyándose las manos en el colchón.

—Eso no es asunto tuyo.

Él dejó escapar un montón de palabrotas en italiano. La deseaba como nunca, pero tenía que contener su deseo. Le parecía injusto experimentar tanto placer mientras ella solo experimentaba dolor.

—Claro que es asunto mío. Creo que es hora de apartarme.

–¡No... no! –exclamó Lizzie–. No puedes, ahora no... quiero saber cómo es...

Cesare dejó escapar un gemido ronco. Tenía que reconocer que aquel matrimonio estaba resultando ser un reto mucho mayor del que esperaba.

Lizzie estaba experimentando con él, pensó, horrorizado.

–Por favor –dijo ella entonces, clavando los dedos en sus hombros.

Cesare empezó a mover las caderas, mirándola para notar si le hacía daño, pero la sonrisa de Lizzie consiguió calmar su momentáneamente dañado ego masculino.

Ella cerró los ojos de nuevo, mortificada por haber tenido que pedirle que siguiera. Siempre había creído que para un hombre era difícil parar en medio del coito y que se hubiera ofrecido a apartarse no le parecía un cumplido. Pero quería saber, tenía que saber qué era eso de lo que todo el mundo hablaba tanto.

Cesare empezó a moverse y la sensación de cosquilleo despertó en su pelvis de nuevo. Las embestidas eran lentas, provocativas, hasta que se relajó del todo y empezó a arquearse hacia él con un entusiasmo inesperado. Esas embestidas provocaban sensaciones nuevas, desconocidas, hasta que se dejó caer por un precipicio en el que olvidó hasta su nombre.

Cesare la dejó sobre la almohada, apartando el pelo de su sudorosa frente. Le temblaba un poco la mano porque estaba intentando hacer dos cosas a la vez: tratar a Lizzie como su esposa y suprimir la rabia que sentía.

–¿Por qué no me habías dicho que yo iba a ser tu primer amante? –le preguntó, con voz ronca.

Su tono exasperado rompió el capullo de felicidad en el que Lizzie estaba envuelta y se incorporó abruptamente, sujetando la sábana.

–No me pareció que tuviese que decírtelo.

–En otras palabras, que decidiste escondérmelo –la condenó él, saltando de la cama–. ¿Cómo demonios podías seguir siendo virgen si has estado comprometida?

–¡No me levantes la voz, Cesare Sabatino! –le espetó ella, temblando–. En cuanto a por qué seguía siendo virgen, es asunto mío.

–Pero ahora estás casada conmigo, *cara*. No creo que sea poco razonable por mi parte querer saber algo tan básico sobre mi esposa.

–Cuando tengas derecho a hacerme preguntas íntimas, te lo diré –respondió Lizzie, apartando la mirada–. Y ahora, voy a darme un baño.

–Lizzie... –empezó a decir Cesare, frustrado.

–No me apetece ser una amable esposa en este momento, así que, por favor, déjame –Lizzie entró en el baño y cerró la puerta.

Suspirando, llenó la maravillosa bañera de agua hasta arriba, echó sales y gel para colmarla de burbujas y se metió en el agua. Enfadado, Cesare podía ser formidable y hasta dar miedo. No podía evitar que su primera reacción ante un hombre enfadado fuera salir corriendo para buscar un lugar seguro. El segundo marido de su madre, un hombre violento, le había enseñado a esconderse con su hermana cuando empezaban los gritos.

Pero no iba a dejarse intimidar por Cesare, que no era un hombre violento. ¿Por qué había tenido que enfadarse? ¿No le había gustado hacer el amor con ella? Aparte de ese dolorcillo al principio, a ella sí le había gustado. Irónicamente, le dolía más que se hubiera puesto de mal humor porque la había hecho sentir... inadecuada. ¿Por qué no había dejado el tema? ¿No tenía sensibilidad alguna? ¿No se daba cuenta de que no quería hablar de ello?

Cesare paseaba por el dormitorio, frustrado. ¿Por qué no se lo había advertido? ¿Se sentía avergonzada de ser virgen?

¿Y cómo él, con tanta experiencia, no se había dado cuenta de lo que tenía delante de los ojos? Había metido la pata al apartarse y mucho más cuando decidió interrogarla, como si tuviera algún derecho a hacerlo.

No era así como había imaginado que empezaría su matrimonio. Lizzie era una persona emotiva, inocente y seguramente estaba llorando en el baño, lamentando su acuerdo y deseando no haber puesto nunca los ojos en él. Y, sin embargo, el encuentro había sido asombroso... tanto que estaba deseando repetirlo.

Motivado, Cesare se puso unos vaqueros y bajó al primer piso, buscando alguna forma de redimirse ante los ojos de su esposa. Antes de llegar abajo escuchó los aullidos de Archie y sonrió. Él era un hombre muy listo y convertiría el desastre de su noche de bodas en una fantástica luna de miel, aunque para ello tuviese que hacer algún sacrificio.

Archie dejó de aullar y se dirigió hacia él caminando sobre sus tres patas. El perro no le tenía mucho cariño, pero lo reconocía como potencial amante de su dueña...

Capítulo 7

ARCHIE gemía sentado frente a la puerta del baño.

–Tú sabes que puedes hacerlo mejor –dijo Cesare, tirándole un trozo de pollo desde la cama.

Para ser un perro con tres patas, Archie se movía a una velocidad sorprendente y atrapó el pollo en el aire.

–Bueno, ahora tenemos una misión –le recordó Cesare–. Hacer que tu dueña salga del baño.

Como si lo hubiera entendido, Archie intentó empujar la puerta, pero el collarín era un estorbo. Sentado sobre sus patas traseras, dejó escapar un aullido lastimero que habría roto el corazón de cualquiera y Cesare le tiró otro pedazo de suculento pollo como recompensa por su actuación.

–A ver si funciona.

El frío despertó a Lizzie. Se había quedado dormida en la bañera...

¿Era Archie el que aullaba en la puerta del baño o había sido un sueño? Salió de la bañera y se envolvió en una toalla, escuchando los aullidos del perro. ¿Qué hacía Archie en la habitación?

Lizzie miró el reloj, que había dejado sobre la encimera, y comprobó que había dormido un par de horas y eran casi las dos de la mañana. Envuelta en la toalla, salió del baño y se inclinó para acariciar a Archie.

–Pobrecito, me había olvidado de ti. ¿Te sientes solo?

–¿Quieres comer algo? –le preguntó Cesare desde la cama.

Lizzie estaba a punto de decirle lo que podía hacer con la comida, pero entonces se dio cuenta de que tenía hambre. Claro, apenas había comido nada durante la cena.

Suspirando, se apartó el pelo de la cara para concentrarse en el devastador rostro de Cesare.

–Sigues queriendo respuestas, ¿verdad?

–Mentiría si dijese lo contrario –admitió él, con las manos en la nuca, una postura que destacaba su ancho torso y el estómago plano bajo la camiseta.

Lizzie dejo escapar un suspiro, mirando los platos sobre la mesa y las velas, que debía haber encendido mientras ella dormía en el baño. De repente, experimentó una sorprendente sensación de calma. Ya había pasado lo peor, ¿no? No tenía nada que temer. Cesare la había asustado por un momento, pero no era culpa suya. No, la culpa era del mal juicio de su madre eligiendo hombres, como ese padrastro que le había provocado tantas pesadillas.

–Cuando te enfadaste me asusté –le dijo.

–¿De mí?

–Mi madre estuvo casada con un hombre violento.

Cesare saltó de la cama, con el ceño fruncido.

–Yo nunca te haría daño.

–Sí, lo sé, pero salir corriendo es un acto reflejo.

No puedo evitarlo. Los dos años que mi madre estuvo casada con ese hombre fueron aterradores para Chrissie y para mí.

–Lo siento mucho. Si me dices que ese canalla os pegaba...

–Lo intentó un par de veces, pero siempre estaba borracho y nosotras éramos muy rápidas –le contó Lizzie–. Bueno, dejemos el tema, eso es el pasado. Pero quiero dejar una cosa clara: solo hablaré de Andrew si tú estás dispuesto a hablar de Serafina.

Cesare hizo una mueca.

–¿Quién te ha hablado de Serafina?

–Tu abuela –respondió ella– y la verdad es que siento curiosidad –Lizzie entró en el vestidor para ponerse un camisón. Lo que quedaba del maquillaje se había evaporado en el baño y tenía el pelo fosco. En fin, Cesare iba a ver a la auténtica Lizzie esa noche.

Salió del vestidor con Archie tras ella e intentó no encogerse cuando Cesare la miró. El camisón de seda era largo, la antítesis de la lujuria, pero la mirada masculina hizo que se ruborizase. Experimentó una oleada de calor entre los muslos, un cosquilleo que la mortificaba. Sabía que él estaba pensando en sexo y también que estaba haciéndola pensar a ella. No sabía cómo lo hacía, pero parecía inevitable.

Ella no lo sabía, pero a la luz de las velas el camisón se transparentaba y Cesare esbozó una sonrisa mientras admiraba sus pechos bajo la tela.

–Bueno, ¿quién empieza?

–Lo haré yo –se ofreció Cesare.

Aunque se había quedado un poco desconcertado. En realidad, le molestaba que su abuela pensara que una relación amorosa de la juventud pudiese tener tanta influencia en él.

—Serafina es un nombre precioso –dijo Lizzie.

—Era muy bella –admitió él–. Entonces éramos estudiantes. Yo estaba estudiando Empresariales, ella Derecho. Fue mi primer amor... en fin, todo muy intenso.

Lizzie hizo una mueca.

—Mi primer amor fue un cantante famoso. Tenía pósteres de él por toda la habitación –le confesó, un poco avergonzada.

—Un póster habría sido una opción más segura para mí. Me enamoré de Serafina y quería casarme con ella. Ella decía que éramos demasiado jóvenes y tenía razón. Siempre fue muy ambiciosa y yo tuve que empezar desde abajo cuando terminé la carrera, pero tuve suerte en la Bolsa y las cosas mejoraron. Serafina empezó a trabajar en un bufete importante, con muchos clientes ricos.

—¿Entonces seguíais juntos?

—Sí, claro, vivíamos juntos. Durante su segunda semana en el bufete conoció a Matteo Ruffini, que la invitó a cenar –Cesare hizo una mueca irónica–. Y, de repente, ya no nos veíamos. Serafina trabajaba hasta muy tarde cada día y estaba demasiado ocupada para comer conmigo.

Lizzie se dio cuenta de que esa mujer le había hecho mucho daño porque aún no podía hablar de ella con indiferencia.

—¿Estaba con Matteo?

—Desde luego. Y en cuanto el príncipe Matteo Ruffini le propuso matrimonio se olvidó de mí. Él tenía todo lo que ella deseaba: dinero, estatus social, un título nobiliario. El único fallo era que tenía setenta y cinco años.

–¡Setenta y cinco años! –exclamó Lizzie–. ¿Te dijo que se había enamorado de él?

–No, me dijo que era un buen partido y que si le daba un heredero sería millonaria de por vida. No intentó engañarme y se lo agradezco. Me di cuenta entonces de que no la conocía y eso destruyó mi fe en las mujeres.

–Lo entiendo –murmuró Lizzie, sintiendo antipatía hacia la mujer que le había roto el corazón.

Había estado dispuesto a casarse con una mujer cuando era muy joven porque, evidentemente, había estado enamorado de Serafina, pero ella lo había traicionado. Como Andrew la había traicionado a ella.

–¿Y Andrew? –le preguntó Cesare.

–Era mi mejor amigo, nos conocíamos desde siempre. Teníamos tantas cosas en común que pensé que sería un matrimonio ideal. Yo estaba enamorada de él... o creía estar enamorada. Todo el mundo pensaba que hacíamos buena pareja y mi padre estaba muy contento, así que acepté cuando me pidió que me casara con él, pero insistí en que saliéramos juntos durante un tiempo para conocernos mejor... –Lizzie tragó saliva, mirándose las manos–. Era en la intimidad donde no funcionaba nuestra relación.

–Está claro que no te acostaste con él –murmuró Cesare.

–No, no quería hacerlo –admitió ella–. Me quedaba helada cada vez que me tocaba y él me dijo que era frígida. No sé, es que no lo encontraba atractivo en ese sentido. Pensé que tenía un problema, por eso no volví a salir con ningún hombre y no me enfadé cuando se casó con Esther.

–Tú no tienes ningún problema, Lizzie –dijo Cesare, convencido.

–No... no lo sé.

Sin embargo, incluso antes de quedarse dormida en el baño se había dado cuenta de que hacer el amor con Cesare le había hecho ver la ruptura de su relación con Andrew de otro modo. Su único problema con Andrew era que lo veía como un hermano, un amigo, no un amante. No había atracción sexual entre ellos. Cuando lo comparaba con lo que sentía por Cesare podía ver la diferencia y entender por fin que lo que había pasado con Andrew no había sido culpa suya.

–Le tengo mucho afecto, pero nunca lo deseé de ese modo –admitió–. Era demasiado inexperta como para darme cuenta de que Andrew no era el hombre para mí y que mi rechazo le dolía.

–A mí me parece un tipo feliz –comentó Cesare, tomando otro trozo de pollo.

Animado, Archie intentó apoyarse en las patas traseras y acabó en el suelo.

–Pobrecito –Lizzie sonrió, acariciando las orejas del animal–. Yo nunca le tiro la comida así. Si se acerca a la mesa cuando estamos comiendo mi padre se enfada.

–Sospecho que Archie no se acercaba mucho a tu padre.

–No, desde luego. ¿Tú has tenido perro alguna vez?

–Me habría gustado tener uno de niño –le confió Cesare–. Pero siempre estaba yendo de un lado para otro... vivía entre la casa de mi abuela y la de mi padre.

–¿Has pedido tú esta comida? –le preguntó Lizzie, disimulando un bostezo.

–He vaciado la nevera. Todo el mundo está dormido.

–Estoy un poco cansada.

–Las novias no deben estar cansadas, particularmente después de haber estado dos horas en la bañera –dijo Cesare, burlón.

Podía robarle el aliento con una sola mirada, tuvo que reconocer Lizzie. Pero, como él mismo había dicho, era solo sexo y tenía que aprender a ver ese lado de su relación como algo divertido, sexy. Y, si era sincera, no sería tan difícil porque estaba empezando a gustarle demasiado.

–Archie puede dormir en la alfombra –anunció Cesare–. No va a dormir en la cama.

–No creo que podamos hacer nada –murmuró ella, poniéndose colorada–. Me duele un poco...

–Eso no es un problema, no pasa nada.

Aliviada, Lizzie cerró los ojos. Mientras se desnudaba, Cesare estudió sus relajadas facciones y pensó «misión cumplida», la luna de miel iba por el buen camino. Así era como solía resolver los problemas en el trabajo, paso a paso.

Sin embargo, no dejaba de preguntarse por qué la había juzgado tan mal. Después de todo, él tenía una abuela, una madrastra y tres hermanas que no eran avariciosas o mercenarias. ¿Por qué había querido creer que Lizzie lo era? ¿Había buscado deliberadamente amantes a las que solo les importaba su dinero? Y si era así, ¿lo había hecho porque solo necesitaba sexo de una mujer o porque prefería evitar la posibilidad de algo más serio?

Habían pasado casi diez años desde Serafina y se negaba a creer que le había roto el corazón para siempre. Sin embargo, nunca había vuelto a comprometerse, ni siquiera había tenido relaciones serias en todos esos años.

En la oscuridad, Cesare tuvo que contener una palabrota. No le gustaban esos pensamientos, no le gustaba darle tantas vueltas a cosas que creía tener bien claras. Era el anillo que le había puesto en el dedo lo que estaba afectándolo, se dijo, impaciente. Era estar casado y posiblemente un poco atrapado... con Archie roncando bajo la cama y Lizzie a su lado, pegada a él como una segunda piel.

Como él, Lizzie se había casado por algo que quería. En su caso, el dinero que necesitaba para sacar adelante a su familia. No era un matrimonio normal, pero si concebían un hijo la relación tendría que funcionar de algún modo.

Podían ser amigos. El sexo no tenía por qué llevar a una relación más compleja, se dijo a sí mismo obstinadamente, convencido de que nada lo haría saltarse la regla de no enamorarse. Pero era lógico que se sintiera inquieto estando en un terreno que no le resultaba familiar. No había intentado complacer a una mujer desde Serafina y no pensaba hacer el ridículo intentando complacer a Lizzie.

Los ronquidos de Archie parecían estar en desacuerdo.

Capítulo 8

CESARE miró a su mujer y luego a los hombres que observaban cada uno de sus movimientos con la boca abierta cuando salió del Ferrari. Estaba preciosa con el vestido de color turquesa, la hermosa melena rubia flotando alrededor de su cara, sus torneadas piernas y delicados tobillos destacados por las sandalias de tacón.

Cesare se levantó las gafas de sol para advertir a los hombres con la mirada antes de tomar su mano en un gesto de macho italiano al que no pudo resistirse.

Se sentaron en una terraza y el camarero llegó a su lado en segundos, sin duda atraído por el aura de Cesare. Tenía un aire de autoridad que hacía que los sirvieran enseguida en todas partes. Él no parecía darse cuenta, aunque Lizzie estaba segura de que lo notaría si no recibiera ese trato preferente.

Mirando esos preciosos ojos que eran como un imán se preguntó qué estaría pensando y tuvo que morderse la lengua para no decirlo en voz alta. No era una sorpresa que viviera en un estado de constante nerviosismo porque su matrimonio de conveniencia se había convertido en algo completamente diferente... al menos para ella.

Llevaban un mes en Italia y Cesare había hecho varios viajes de trabajo. También había llevado a su familia y a Chrissie de visita un fin de semana y esos dos días habían sido maravillosos. Lizzie nunca se había sentido tan feliz y eso la asustaba. Sabía que no debía hacerse ilusiones porque posiblemente se llevaría una decepción...

¿Solo posiblemente? No, con toda seguridad. Había involucrado sus sentimientos desde la primera noche que hicieron el amor y despertó a la mañana sintiéndose segura en los brazos de Cesare.

Durante esas cuatro semanas su vida era idílica, con un marido atento y cariñoso, un amante apasionado. La había llevado de excursión, de compras, a cenar, a comer pizza. Habían visitado pequeñas *piazzas*, paseado por las calles de Florencia y Roma y aquel día estaban en una ciudad del siglo XVII, Lucca.

Sin darse cuenta, jugaba con su reloj de oro, el regalo más reciente de Cesare. Cada vez que se iba de viaje volvía con un detalle. Era increíblemente generoso en la cama y fuera de ella sentía curiosidad por su vida, le preguntaba por su infancia. Su interés era embriagador porque ella nunca se había visto como alguien interesante.

De hecho, ser el centro de atención para aquel hombre tan apuesto y especial hacía que se viera a sí misma de otro modo.

En realidad, cuando interpretaba el papel de marido lo hacía con una habilidad y un encanto increíbles. No le había pedido que se enamorase de él y a ella no se le ocurriría pensar que un hombre como

Cesare Sabatino pudiese amarla. Pero ella lo encontraba fascinante. Era una mezcla irresistible de intelecto y desconcertante profundidad emocional.

Archie llevaba un collar con su nombre en diamantes y hasta tenía su propia cama. ¿Cómo no iba a amar a un hombre tan considerado con su perro? Sí, estaba enamorada de Cesare.

Por eso le daba pánico estar embarazada, porque temía que el anuncio diese por terminado su matrimonio. Cesare esperaría que fuesen muy civilizados al respecto, como si no tuviese importancia.

Unos días después de la boda había tenido la prueba de que aún no estaba embarazada y Cesare se había reído, diciendo que tenían todo el tiempo del mundo, como si de verdad no le importase que tardasen meses en conseguir ese objetivo.

−¿Y si hubiera algún problema? −le preguntó un día, nerviosa.

Él se encogió de hombros, diciendo que si fuera así esperarían un año antes de consultar con un especialista. Si por alguna razón no podían tener hijos lidiarían con ese problema cuando llegase, pero no debía preocuparse.

−Espero que tengas algo especial en el armario para esta noche −murmuró Cesare, tomando un sorbo de vino−. Habrá un desfile de moda.

−Pensé que era una cena benéfica.

−Eso también, pero en Italia las cenas benéficas suelen incluir un desfile de moda. La moda en Italia da muchos beneficios y crea millones de empleos.

−Tengo al menos cuatro vestidos de noche −dijo Lizzie−. No te preocupes, no te defraudaré.

–*Ma no*... claro que no. Tu siempre estás fantástica, *gioia mia*. ¿Por qué ibas a defraudarme?

–No soy parte de tu mundo y nunca lo seré. Es un reto para mí ponerme ropa elegante y fingir que soy algo que no soy –admitió ella.

–Solo tienes que ser tú misma. Además, tienes dos... no, tres ventajas.

–¿Ah, sí? ¿Cuáles?

–Belleza, clase y mi anillo en tu dedo –respondió Cesare, con una sonrisa irónica–. Además, soy un hombre poderoso, todos te tratarán con cortesía y respeto.

Lizzie esbozó una sonrisa, mordiéndose la lengua para no pronunciar tontas palabras de amor. Qué vergüenza si perdiese el control. Después de todo, Cesare estaba jugando a un juego muy sofisticado con ella, utilizando su encanto y su dinero para que su matrimonio funcionase como si fuera real. Si de repente le confesase su amor, Cesare se sentiría avergonzado y la acusaría de no saber jugar.

–Deberíamos volver a casa –comentó.

–¿Así tendríamos al menos una hora en la cama? –Cesare se levantó de golpe, dejando unos billetes sobre la mesa y mirándola con una oscura intensidad que nunca dejaba de emocionarla.

–¿Otra vez? –murmuró Lizzie.

Parecía desearla todo el tiempo, daba igual dónde estuvieran o la hora que fuese. Incluso alguna vez había pensado que tal vez le gustaba demasiado el sexo, pero no pensaba quejarse porque también ella lo deseaba y, además, se habían casado para concebir un hijo.

Cuando iba a subir al Ferarri, Cesare la tomó por la cintura y la besó, allí, en plena calle; la masculina boca, ardiente y erótica, despertando sus sentidos.

El aire acondicionado del Ferrari enfrió su ardiente piel, pero el cosquilleo entre las piernas era algo que no podía controlar. Cesare alargó una mano para acariciar su muslo.

–Me gusta mirarte las piernas, especialmente cuando estoy a punto de separarlas –dijo en voz baja, riendo al ver que ella se ponía colorada.

Esa noche, con un vestido negro que delineaba su esbelta figura, dándole un aspecto elegante y chic, Lizzie se miró al espejo más de lo habitual. Estaba aprendido qué le gustaba y qué no y no le gustaban los vestidos muy llamativos o de color neón, que parecían tragársela entera.

Se puso colorada al pensar en la intimidad con Cesare por la tarde y el escozor entre las piernas le recordaba la apasionado energía de Cesare entre las sábanas. En la cama, el sexo lo arreglaba todo y ella disfrutaba mientras exploraba aquel mundo nuevo.

Pero la imagen que más recordaba era a Cesare, bronceado e increíblemente hermoso, relajado sobre las almohadas y por fin admitiendo lo aliviado que se sentía porque Athene ya estaba recuperándose. Durante días había fingido no estar preocupado por la operación de su abuela, aunque Lizzie lo había visto tragar saliva cada vez que hablaba con su padre por teléfono.

Por fin, había abandonado esa imagen de hombre

seguro de sí mismo, sin sentimientos, para compartir confidencias con ella y eso significaba mucho para Lizzie. Valoraba las pequeñas señales y sabía que Cesare empezaba a comportarse como la mitad de una pareja. Habían visitado a su abuela en Roma varias veces y la efervescente personalidad de la anciana, incluso en la cama del hospital, y su evidente afecto por Cesare se le habían metido en el corazón.

Por la mañana irían a Lionos y Athene se reuniría con ellos allí. Cesare se había casado con ella solo para conseguir el derecho de llevar allí a su abuela y Lizzie tenía que recordar esa realidad. Pero también ella tenía ganas de conocer Lionos, que la anciana había descrito en tan cariñosos términos. Solo esperaba que las reformas del imperturbable Primo estuvieran a la altura de las expectativas de Cesare.

Una limusina los llevó a la cena benéfica en Florencia, que tendría lugar en una enorme y elegante mansión, con montones de paparazzi en la puerta. Lizzie se quedó sorprendida cuando empezaron a hacerles fotos. Solo entonces se dio cuenta de que estaba casada con un hombre que en su país recibía la atención destinada a una celebridad.

–¿Te ha gustado que te hicieran fotos? –le preguntó él.

–No, en absoluto. No me siento lo bastante atractiva.

–Pero si has estado horas arreglándote.

–Vaya, gracias.

–No quería decir eso –Cesare sonrió, apretando su mano–. Estás perfecta.

Lizzie tuvo que contener un suspiro al ver a las

demás invitadas. Ella no era perfecta y lo sabía. Debería haber llamado a un peluquero y un maquillador, ¿pero de verdad la imagen era tan importante para Cesare? ¿Estaría comparándola con las mujeres que la habían precedido en su cama?

Había buscado en Internet y sabía que en los últimos años Cesare solía salir con modelos, la viva imagen de la perfección femenina. Y eso la hacía sentir incómoda.

La gente se apartaba para dejarles paso y una exquisita morena, con un ajustado vestido rosa que acentuaba sus estupendas curvas, se acercó a ellos.

–¡Cesare!

–Lizzie, te presento a nuestra anfitriona, la princesa Serafina Ruffini. Serafina, mi esposa, Lizzie.

–Bienvenida a mi casa, Lizzie –la saludó Serafina, con una sonrisa aparentemente sincera.

Lizzie la miraba, sorprendida. ¿Serafina, la exprometida de Cesare era la anfitriona de la cena benéfica?

Sin notar su sorpresa, Cesare hablaba sobre la investigación del cáncer con un hombre que parecía ser médico. Tenía que aprender algo de italiano para el futuro, se prometió a sí misma, mientras veía a Serafina al otro lado de la habitación con un grupo de gente que reía a carcajadas.

Cesare había descrito a su ex como una mujer preciosa y era cierto. Serafina tenía los ojos almendrados, la piel muy blanca, una melena oscura y rizada y una de esas bocas envidiables en forma de arco. Y lo más preocupante: parecía moverse en los mismos círculos que Cesare, a quien ni siquiera se le había ocurrido mencionar que iban a verse esa misma noche.

En fin, habían roto su relación diez años antes, se recordó a sí misma, impaciente. Era muy improbable que siguiera sintiendo algo por ella.

Charlando con uno de los invitados, que hablaba bien su idioma, Lizzie descubrió que la organización estaba muy agradecida a Serafina por su reciente decisión de ofrecer su casa para celebrar la cena benéfica. La princesa, que era multimillonaria, aportaba mucho dinero a la causa y se encargaba de las Relaciones Públicas.

En el salón hacía mucho calor y Lizzie empezó a sudar. Nerviosa, miró las puertas que daban al jardín y, de repente, sintió una oleada de náuseas.

—Perdone, tengo mucho calor. Voy a salir al jardín un momento —se disculpó con su acompañante, rezando para que el aire fresco la reanimase.

Lizzie se sentó en la terraza, llevándose una mano a la frente hasta que pasó el mareo. No sabía si era el cansancio o... los primeros síntomas del embarazo. Eso hizo que esbozase una sonrisa de alegría, que se borró al pensar que el embarazo podría romper su relación con Cesare.

¿Volverían a tener intimidad? ¿Dejaría de tratarla como a una esposa?

—Te he visto salir —escuchó una voz femenina tras ella— y he pensado que deberíamos conocernos.

—Ah, hola, Serafina.

—Cesare y tú no lleváis mucho tiempo casados, ¿verdad?

—No, solo un mes —admitió Lizzie, intentado mostrarse calmada.

—Mi marido, Matteo, murió el año pasado, pero

por suerte tengo a mi hijo para consolarme y hacerme compañía.

–¿Cuántos años tiene?

–Siete. Es un cielo y estamos acostumbrándonos a vivir solos –Serafina llamó a un camarero con un gesto imperioso–. ¿Champán?

–No, gracias –respondió Lizzie.

El camarero le sirvió una copa de champán y Serafina se echó hacia atrás en la silla.

–Imagino que conoces mi historia con Cesare...

–Sí –se apresuró a decir Lizzie, nerviosa.

–¿Puedo ser sincera contigo?

–Tan sincera como quieras, pero no creo que a Cesare le guste que hablemos de él a sus espaldas.

–Es un hombre italiano con un ego de acero –Serafina rio–. Ser adorado y deseado por las mujeres es fundamental para él.

–¿Es por eso por lo que no te casaste con Cesare? ¿Creías que era un mujeriego?

–No, no, en absoluto. Me casé por seguridad económica. Yo no crecí en una familia rica como Cesare y temía volver a ser pobre. Matteo era un hombre millonario y amable cuando Cesare solo estaba empezando en el mundo de los negocios. Yo lo amaba, pero la seguridad que me ofrecía Matteo fue irresistible para mí.

Desconcertada por tan franca explicación, Lizzie murmuró:

–Supongo que tomaste la decisión más conveniente para ti.

Serafina levantó su copa.

–Creí hacerlo, pero cuando vi el éxito que Cesare tenía en los negocios deseé haber tenido más fe en él.

–Pero entonces tenías un marido y un hijo.

–Pero nunca dejé de amar a Cesare y, te lo advierto, pienso recuperarlo.

–¿Perdona? –Lizzie iba a levantarse, pero Serafina la tomó del brazo.

–No te vayas. Siento ser tan cruda, pero debes entender que Cesare quiere castigarme por lo que hice hace diez años.

–¿Castigarte?

–¿Por qué si no iba a casarse contigo? Se ha casado para hacerme daño. Aquí estoy, libre por fin, y Cesare se casa contigo. No tiene sentido.

–¿Se te ha ocurrido pensar que tal vez te haya olvidado? –exclamó Lizzie, furiosa por la convicción de la morena de que *ella* era la opción más deseable para Cesare–. Vuestra relación terminó hace mucho tiempo.

–Uno nunca olvida a su primer amor –insistió Serafina–. Incluso está viviendo en la casa que planeamos juntos.

–¿Qué casa?

–La granja en la que os alojáis. La encontramos cuando éramos estudiantes, una noche lluviosa. Se nos cayó el techo del establo encima, pero fue maravilloso. Hicimos el amor bajo las estrellas... –admitió Serafina, con los ojos brillantes.

Lizzie sintió que se le encogía el corazón. No quería imaginar a Cesare haciendo el amor con aquella mujer y de buena gana le habría tirado el champán a la cara. Serafina se había casado con un anciano por dinero aunque amaba a Cesare y no tenía derecho a destruir su matrimonio.

–Cesare compró la casa en cuanto estuvo en el mercado –siguió Serafina–. Sal al balcón del primer piso y verás el palacio Ruffini desde allí. Quiere que vuelva con él, Lizzie, pero es demasiado orgulloso para admitirlo.

–No creo que se hubiera casado conmigo si esa fuera su intención.

–Supongo que se casó contigo para conseguir esa estúpida isla –replicó la morena, encogiéndose de hombros–. Me da igual. Vuestro matrimonio es temporal y yo estaré esperando cuando decida perdonarme.

–Muy bien –murmuró Lizzie, levantándose–. No esperarás que te desee suerte con mi marido. Francamente, no entiendo por qué has querido hablar conmigo.

–Porque tú puedes ponernos las cosas más fáciles dando un paso atrás en cuanto Cesare admita que quiere ser un hombre libre –respondió la princesa–. Si es una cuestión de dinero...

–No necesito dinero y no voy a dejarme sobornar.

–Lizzie...

–Me gustaría decir que ha sido un placer conocerte, pero estaría mintiendo.

–Eres la hija de un simple granjero, sin educación, sin mundo. ¿No creerás que tienes lo que hace falta para retener a un hombre como Cesare? –le espetó Serafina, enarcando una ceja–. Cesare y yo estamos hechos el uno para el otro.

Capítulo 9

LIZZIE volvió a entrar en el salón. Tenía una jaqueca terrible y no sabía cómo pudo soportar el resto de la noche, pero sonrió hasta que le dolían las mejillas y charló con todo el mundo aunque lo que quería era ponerse a gritar.

Estaba furiosa con Cesare por haber amado a una mujer tan egoísta como Serafina, que solo lo quería porque había logrado levantar un imperio. Sin embargo, algunos de sus comentarios se repetían en su cabeza.

«Uno nunca olvida su primer amor. Se casó contigo para hacerme daño. Cesare y yo estamos hechos el uno para el otro».

¿Y quién era ella para decir que eso no era verdad? Cesare nunca había soñado recuperar la isla de Lionos como su padre y su abuela. Nunca la había visto y seguramente podría comprar su propia isla si quisiera. ¿Sería posible que hubiera sugerido la posibilidad de casarse con otro motivo en mente? ¿Tal vez un deseo de castigar a Serafina por lo que pasó tantos años atrás? ¿Por venganza?

Así era como la princesa lo había interpretado. Exasperada por tales pensamientos, Lizzie intentó recordar que ella no sabía nada sobre los sentimientos de Cesare por Serafina.

–Apenas has hablado desde que salimos de la cena –comentó Cesare cuando llegaron a casa.

Había notado que parecía haber perdido la alegría cuando una hora antes estaba muy animada, pero no estaba todo el tiempo pegada a su brazo y eso era algo que le gustaba. Siempre había detestado que las mujeres se pegasen a él porque valoraba la independencia y el espíritu más que los halagos o las tretas femeninas.

–Estoy cansada –dijo Lizzie.

Cesare la siguió hasta el dormitorio, donde vio que se quitaba el vestido, regia y digna como una reina en ropa interior, y entraba en el baño sin mirarlo.

Era evidente que le pasaba algo. Estaba enfadada, casi haciendo pucheros como una niña. Y él nunca había tenido paciencia con los pucheros. Suspirando, se quitó el traje de chaqueta y sacó unos vaqueros del cajón mientras Archie lo miraba desde su cama.

–Venga, Archie, hora de comer algo.

El perro fue cojeando a su lado. Le habían quitado la escayola el día anterior, pero el pobre seguía pensando que solo tenía tres patas y aún no confiaba en que la cuarta aguantase el peso. Cesare lo tomó en brazos y lo llevó a la cocina, donde mantuvo un diálogo-monólogo con él mientras comían algo.

Lizzie salió del baño dispuesta a hablar con Cesare, pero no estaba en la habitación. Había decidido que era una cobardía no preguntarle por qué no le había advertido que la organizadora de la cena era Serafina. No estaba preparada para encontrarse con su exnovia, pero lo habría estado de haber sido avisada de antemano.

El problema era que estaba celosa, tuvo que reconocer, mirando el viejo establo al otro lado de la ventana. Cesare le había hecho el amor a Serafina allí...

La había amado y, sin embargo, ella le había dado la espalda por dinero. Después de haberlo conseguido quería recuperar a Cesare y tenía el descaro de decírselo a ella a la cara.

Poniéndose un chal sobre el camisón, Lizzie bajó al primer piso. Cesare estaba tumbado en el sofá, en vaqueros y con la camisa desabrochada. Era tan hermoso que se le encogió el corazón.

–¿Por qué no me lo habías dicho? –le preguntó abruptamente.

Cesare siempre evitaba las escenas y una mirada a la expresión de Lizzie le dijo que estaba demasiado furiosa como para hablar con tranquilidad, de modo que se levantó del sofá y tomó las llaves del coche.

–Voy a dar una vuelta, no me esperes levantada. Llegaré tarde.

Atónita, Lizzie se interpuso en su camino.

–¿Lo dices en serio?

–No quiero discutir contigo, *cara*. No me apetece. Nos iremos a Lionos mañana y Athene se reunirá con nosotros allí. Ese es reto suficiente por el momento.

Esa frialdad era desconocida para Lizzie y, de repente, empezaron a sonar campanas de alarma en su cabeza.

–Podrías haberme dicho que la organizadora del evento era Serafina.

–No voy a discutir contigo sobre Serafina –le advirtió Cesare.

–No estoy discutiendo –razonó Lizzie–. ¿Y por qué no quieres hablar de ella?

–Porque no es asunto tuyo, no tiene nada que ver contigo.

Lizzie tuvo que apoyarse en la puerta para permanecer en pie. Se sentía como alguien atrapado en la oscuridad.

–Lo que me ha dicho Serafina esta noche lo convierte en asunto mío.

–¿Has hablado de mí con ella?

–No, en realidad Serafina ha hablado de ti conmigo –respondió Lizzie–. Y quiero saber por qué no me habías advertido que ella sería la anfitriona de la cena.

Cesare había pensado decírselo, pero luego recordó que el suyo no era un matrimonio normal. No tenían una relación y no se sentía obligado a darle explicaciones, pero ella parecía dolida e instintivamente se apartó, frustrado. No le gustaban las escenas.

–Serafina es parte de esta ciudad, una parte importante. Muchos de mis amigos son también amigos suyos y no hay ninguna razón para evitarla porque no significa nada para mí –le dijo, como si así pudiese zanjar el asunto.

–No te creo –dijo Lizzie–. Si no tuviese importancia, me lo habrías dicho.

–¿Me conoces tan bien?

Lizzie palideció uno poco más.

–Pensé que te conocía.

–Tal vez no sea así –dijo Cesare, saliendo al pasillo.

–¡Si te vas ahora, no iré a Lionos contigo! –gritó Lizzie.

–¿En ese mundo de fantasía en el que vives crees que puedes amenazarme? –replicó Cesare, abriendo la puerta.

–Solo quiero que me lo expliques.

–No tengo nada que explicar –replicó el–. Pero tú deberías contarme qué has hablado con Serafina.

–No hasta que me respondas tú. Estamos viviendo como una pareja de recién casados...

–Porque estamos casados.

–Tú sabes lo que quiero decir... –Lizzie vaciló. No se atrevía a insistir más, pero se veía empujada por unas emociones turbulentas, incontrolables–. Me has tratado como si fuera tu mujer.

Allí estaba, lo que Cesare había esperado evitar porque no sabía qué decir. ¿Por qué las mujeres siempre tenían que sacar los temas más inconvenientes en el peor de los momentos?

¿Cómo demonios se había metido en esa situación? Todo había empezado bien, poniendo reglas, límites. De alguna forma, todo se había ido al demonio a pesar de su cuidadoso plan y su supuesto conocimiento del sexo femenino y allí estaba, atrapado como nunca había querido estarlo.

–Quiero saber qué te ha dicho Serafina.

–Que quiere recuperarte, que te casaste conmigo para castigarla a ella, que yo no tengo educación ni mundo suficiente para retenerte... ah, sí –Lizzie intentó sonreír, pero le salió una mueca amarga– y que esta casa era el sueño de los dos, planeado la noche que hicisteis el amor en el establo...

En los ojos de Cesare apareció un brillo de furia mientras agarraba el picaporte como para enfatizar que se iba de todas formas.

–*Madonna!* No debería haberte involucrado en esto.

Lizzie casi podría jurar que su corazón se había roto.

–No, es verdad.

Cesare tragó saliva. Sabía que debería decir algo, pero temía cometer un error.

–El nuestro no es un matrimonio de verdad –murmuró por fin–. No somos una pareja de verdad, los dos sabemos eso...

Se detuvo, como esperando que ella dijese algo, pero Lizzie no encontraba su voz. En ese momento sentía como si se hubiera quedado sin sangre y esa imagen dramática hizo que se marease.

–Me voy a la cama –murmuró, sabiendo que no podría dormir.

Pero le parecía importante actuar como si pudiera funcionar normalmente, aunque solo fuese una mentira para salvar la cara.

–Esto es culpa mía –dijo Cesare–. No creas que no lo sé. No debería haber introducido algo tan inestable como el sexo en la ecuación.

–Y sigues haciéndolo... solo hace un par de horas –le recordó ella.

Extrañamente indeciso, Cesare se quedó en la puerta. Archie lo miraba como si tuviera dos cabezas... no, no, tenía que ser su imaginación gastándole una broma. Pero se sentía enfermo.

Tenía que marcharse, tenía que cerrar la boca para no hacer más daño.

–De modo que volvemos al principio –dijo Lizzie–. Este es un matrimonio de conveniencia, nada más.

–Creo que sería lo mejor, ¿no te parece?

Lizzie por fin se atrevió a mirarlo de nuevo. Estaba en la puerta, guapísimo, parte del torso al descubierto porque no se había abrochado la camisa, los vaqueros marcando sus poderosos muslos. Tenía que ser valiente y decidió aferrarse a su orgullo, aunque la hubiese rechazado de la peor forma posible. Había dejado claro lo que quería y seguramente una sinceridad brutal era lo mejor.

–Buenas noches –se despidió, volviéndose hacia la escalera.

Cesare salió de la casa y cerró la puerta. Un segundo después, el motor del Ferrari rugió y Lizzie corrió al balcón del primer piso para ver si podía ver el palacio. Y allí estaba, un enorme edificio neoclásico iluminado como una feria. Lo había visto antes, pero no sabía que fuera el palacio Ruffini.

También veía las luces del Ferrari de Cesare alejándose por la carretera que recorría el valle y se abrazó a sí misma, viendo sus peores sospechas confirmadas.

A esa distancia no podía estar segura al cien por cien, pero estaba convencida de que el Ferrari iba hacia el palacio. Cesare iba a buscar a Serafina, pensó, horrorizada. Tal vez había estado viéndola desde el principio sin que ella lo supiera.

Era evidente que Cesare tenía un lado oscuro y más secretos de los que había sospechado. Había sido una tonta, una ingenua al no darse cuenta antes.

Pero no era ningún consuelo haberlo descubierto, al contrario.

Capítulo 10

A LA MAÑANA siguiente, con el corazón acelerado, Lizzie estudió la prueba de embarazo que había comprado una semana antes.

Y allí estaba el resultado que había temido y deseado al mismo tiempo: estaba embarazada. Y eso lo cambiaba todo, tuvo que reconocer mientras salía del baño y abría la puerta del dormitorio, que había cerrado con llave por la noche.

Cesare tendría que cambiarse de ropa, pero la noche anterior cuando todos sus sueños habían quedado destrozados, no se había acordado de eso.

Sin embargo, estaba esperando un hijo de Cesare y tenía que pensar más allá del acuerdo al que habían llegado. No podía estar enfadada con el padre de su hijo porque ese resentimiento haría sufrir al niño. Desgraciadamente, eso significaba que tendría que ser más generosa de lo que le apetecía en ese momento. Debía olvidar lo que había pasado, enterrar el aspecto personal de su relación y seguir adelante con el matrimonio de conveniencia.

Con el corazón roto.

Bueno, se recuperaría como había ocurrido con Andrew. Por supuesto, ella nunca había amado a Andrew como amaba a Cesare y olvidarse de él sería muy difícil. Andrew había dañado su autoestima y su confianza, pero Cesare le había roto el corazón. Pensar en vivir un solo día sin él le dolía en el alma.

Le quedaba un largo camino por delante, pero iba a tener un hijo y tendría que empezar inmediatamente. Tendría que disimular como nunca. No podía mostrar el menor interés por lo que había entre Serafina y él. Cesare había dejado claro que no tenía derecho a hacer preguntas y tendría que respetar eso.

Su innata sinceridad la obligaba a reconocer que ella había aceptado un matrimonio de conveniencia y, aunque su relación había funcionado increíblemente bien para ella, no así para Cesare. Y eso le dolía, le dolía tanto. Que rechazase todo lo que habían compartido dentro y fuera de la cama durante el último mes la hacía sentir como una idiota por haberse sentido tan feliz sin entender que él no sentía lo mismo.

Lizzie bajó a la cocina para desayunar, con Archie tras ella. En cuanto el perro vio a Cesare, que le daba todos los caprichos, corrió a saludarlo. Él se levantó de la silla, sin afeitar, con la ropa del día anterior, tan guapo como siempre, pero tal vez no tan refinado.

–Había cerrado con llave la puerta del dormitorio. Lo siento, no me di cuenta, pero la habitación está libre ahora.

–Voy a ducharme antes de irme –murmuró Cesare, mirándola a los ojos–. Lizzie, tenemos que hablar.

Imaginaba que diría eso, pero lo último que necesitaban era darle más vueltas a la ruptura de su relación. No arreglaría nada, no la haría sentir mejor. ¿Cómo iba a hacerlo? Esencialmente estaba dejándola y nada de lo que dijera la ayudaría.

–Todo lo que había que decir lo dijimos anoche, no hace falta repetirlo.

–Pero...

–Lo que dijiste tiene sentido –lo interrumpió ella–. Esto es un acuerdo de los dos, un matrimonio de conveniencia, nada más. Yo iré a Lionos con tu abuela y haremos todo lo que teníamos previsto. No veo razón para no llevar este... proyecto a una conclusión satisfactoria.

Cesare parpadeó, desconcertado. Se sentía aliviado al verla tan calmada y se alegraba de que quisiera acompañarlo a Lionos por Athene, pero no estaba de acuerdo con una sola palabra.

–Y esa conclusión satisfactoria –siguió Lizzie, con una sonrisa forzada– se va acercando porque estoy embarazada.

–¿Embarazada? –repitió él, con cómica incredulidad, tomando una silla–. *Madre di Dio*... siéntate.

Sorprendida por su reacción, Lizzie se sentó.

–No pasa nada, miles de mujeres quedan embarazadas todos los días.

–Pero tú eres mi mujer y esto es más personal para mí –replicó Cesare, poniendo las manos sobre sus hombros.

Alarmada ante el contacto, Lizzie intentó apartarse.

–¿Puedo pedirte que no hagas eso?

–¿Hacer qué?

–Tocarme. Entiendo que te veas forzado a hacerlo en Lionos, cuando estemos con tu abuela, porque debemos parecer una pareja convincente, pero ahora estamos solos y no hay necesidad.

Sorprendido por la respuesta, Cesare apartó las manos. Estaba pensando en el bebé que esperaba y conteniendo el deseo urgente de poner una mano en su abdomen... lo cual era muy raro.

–Perdóname. Tocarte ha sido un acto reflejo. Me siento feliz por el embarazo.

En opinión de Lizzie, nunca había parecido menos alegre. De hecho, estaba pálido, tenso, los ojos serios, la boca apretada. Había hecho el anuncio para romper la tensión entre ellos. Solo quería que supiera que no habría razón para tocarla de nuevo porque había concebido un hijo, de modo que ya habían conseguido lo que querían. Debería estar encantado de perderla de vista, pero... y el silencio se alargó de manera alarmante.

–No imaginé que pudiese ocurrir tan... rápido –admitió Cesare.

–Pero esto nos ahorra muchos problemas –dijo Lizzie.

Además, habían hecho el amor tantas veces que lo más sorprendente era que no hubiese quedado embarazada la primera semana.

–¿Problemas?

–Si hubiéramos tenido que recurrir a la inseminación artificial podría haber sido un poco... desagradable.

Desagradable, pensó él. Desde luego. Había tenido una revelación la noche anterior, mientras estaba hablando con Serafina. Algo que ni podía ignorar ni explicar sensatamente, pero por fin había entendido por qué todo había ido mal. Desgraciadamente para él, desde que Lizzie bajó de la habitación «mal» era decir poco. Él mismo había cavado su propia fosa y Lizzie parecía tener la intención de enterrarlo en ella.

Cesare subió al dormitorio para darse una ducha, pero además necesitaba privacidad para hacer una llamada. Nunca en toda su vida había pedido consejo a Goffredo, pero su padre era el único en el que podía confiar para guardar un secreto. Sus hermanas eran demasiado jóvenes y, además, se pondrían del lado de Lizzie sin dudarlo.

Goffredo era el único que podía ofrecerle consejo, pero no era el que Cesare esperaba. Suspirando, le dijo que imaginara su vida sin Lizzie y partiese de ahí, pero el ejercicio mental solo consiguió ponerlo de peor humor.

Lizzie se puso un vestido de algodón blanco para ir a la isla y se tomó su tiempo para arreglarse el pelo y maquillarse. Sabía que las apariencias eran importantes, pero estaba convencida de que ninguna mujer enfrentada a una belleza como Serafina podría ser indiferente a la posibilidad de una comparación.

Cesare bajó los escalones de la casa, elegante y sofisticado con un pantalón beige y un jersey de color marfil que destacaba lo bronceado de su piel. Mientras subía al coche apenas miró a Lizzie, de modo que tanto trabajo había sido una pérdida de tiempo.

Archie iba en medio del asiento, pero acabó pegado al muslo masculino porque Cesare acariciaba distraídamente sus orejas y el animal se derretía de gusto.

Cuando subieron al helicóptero, Lizzie se sentía

frustrada. El silencio de Cesare empezaba a afectarla y quería saber qué había detrás. ¿Cómo podía olvidar de repente todo lo que había habido entre ellos? No había sido solo sexo sino risas, confidencias. Al menos por su parte.

Sus piernas se rozaron cuando Cesare cambió de postura y Lizzie sintió un cosquilleo entre los muslos. Esa reacción hormonal la mortificó y se recordó a sí misma que esa parte del matrimonio había muerto, que estaba embarazada. Y, sin embargo, no podía dejar de mirar el muslo masculino. De repente, pensó que el día anterior habría alargado la mano para tocarlo, tomando la iniciativa de una forma que a él le gustaba. ¿Se había engañado a sí misma? ¿Lo habría soñado todo como si fuera un cuento de hadas, poniendo a Cesare en el papel estelar?

Estaba tan distraída torturándose con esos pensamientos que se sobresaltó cuando Cesare le dijo que mirase «su isla».

–Y de Chrissie –le recordó ella–. ¿Eso es Lionos?

Era un pedazo de tierra en forma de lágrima y cubierto de árboles.

Era mucho más grande de lo que había esperado. Había imaginado un sitio desierto en medio del mar porque lo que su madre les contó no hacía que pareciese muy atractivo. Además, la herencia nunca les había parecido real porque no tenían dinero para visitarla.

En unos minutos el helicóptero descendió en un claro entre los árboles y, por primera vez en veinticuatro horas, Lizzie sintió cierta emoción. Rechazando la mano que Cesare le ofrecía, saltó del aparato y miró la casa de madera en lo alto de una pendiente. Como la isla, era más grande de lo que había esperado.

–El padre de Athene la construyó en los años veinte y tenía cinco hermanos, de modo que es espaciosa –dijo Cesare–. Primo dice que hay que tirarla y volverla a construir, pero ha hecho lo que ha podido.

–Es muy eficaz –comentó Lizzie, subiendo la pendiente, pero evitando en todo momento la mano que Cesare le ofrecía.

–Ve despacio, hace calor y estás embarazada.

–¡Por favor! Solo estoy un poco embarazada.

Cesare puso los ojos en blanco. Lizzie era una persona amable y de naturaleza alegre a pesar de su triste infancia. Al menos lo había sido hasta que él consiguió destrozar todo eso con un gol en propia portería.

Primo los recibió en la puerta.

–Los peones aún están trabajando en el jardín, pero creo que la casa está presentable.

Sorprendida, Lizzie entró en el salón, con suelo de losetas pintadas de blanco, decorado con una mezcla de muebles tradicionales y contemporáneos. Desde las ventanas podía verse la playa y el camino rodeado de árboles que llevaba hasta el agua. Era un sitio pintoresco, salvaje.

Mientras paseaba por la casa examinando las habitaciones parte de la tensión desapareció. Su madre le había contado que era una casucha y le sorprendió que fuese tan bonita, tan llena de personalidad. Había un dormitorio con cuarto de baño para Athene en el piso de abajo, el resto estaban arriba, subiendo por una escalera con barandilla de hierro forjado. Un dormitorio había sido sacrificado para hacer dos baños y todo estaba recién decorado, completamente nuevo, las cortinas de lino moviéndose con la brisa que entraba por las ventanas abiertas.

–¿Qué te parece? –le preguntó Cesare.

–Es preciosa. Entiendo que tu abuela nunca olvidase esta isla. Debía ser maravilloso vivir aquí cuando era niña.

–Pronto nuestro hijo y tú podréis disfrutarla también.

–La veré cuando venga a visitarte. Yo no estaré aquí –le recordó Lizzie, arruinando su fantasía.

–¿Y si yo quisiera que estuvieras aquí? –le preguntó.

–Pero tú no querrías eso –replicó Lizzie–. Me imagino que dentro de algún tiempo habrás vuelto a casarte o tendrás una novia.

–¿Y si no quisiera eso? ¿Y si te quisiera a ti? –insistió Cesare, molesto por esa velada referencia al divorcio.

Lizzie perdió el color de la cara, preguntándose a qué estaba jugando.

–Pero tú no me quieres, lo dejaste bien claro anoche.

–Quiero que sigamos casados –insistió él–. Anoche me pillaste por sorpresa y estaba desconcertado. Cometí un error y lo sé.

Lizzie negó con la cabeza. Seguía enfadada con él por lo que había pasado la noche anterior, por destrozar sus sueños, y nada de lo que dijera iba a cambiar eso.

–Primero me pides un matrimonio de conveniencia, luego me dices que quieres un matrimonio de verdad y más tarde que el nuestro no es un verdadero matrimonio. Ni tú mismo pareces saber lo que quieres.

Lizzie pasó a su lado para entrar en una habitación.

–Estoy intentando decirte que lo siento y tú te niegas a escucharme –protestó Cesare.

–No puedes disculparte por lo que sientes, no se puede hacer eso –replicó Lizzie–. Y ahora, si no te importa, voy a cambiarme de ropa para explorar la isla.

–¿Sola?

–Sola, sí. He vivido sola toda mi vida –le recordó Lizzie–. Cuando llegue Athene mañana fingiremos que todo va bien, pero esta noche no vamos a compartir dormitorio.

–¿Por qué no quieres escucharme? Ni siquiera me miras.

A Lizzie le gustaba mirarlo cuando lo consideraba «suyo». Ya no lo era y no quería ser víctima de su atractivo. No mirarlo era una forma de autodefensa.

–No tenemos nada más que decir.

–Lizzie...

–No quiero escucharte. Anoche me diste un gran disgusto y no quiero seguir hablando de ello porque ya no tiene sentido. No soy tu esposa de verdad, estamos viviendo juntos, pero...

–¡Estamos esperando un hijo! –exclamó Cesare.

–Pero no te casaste conmigo por mí sino para conseguir esta isla. Y en tus propias palabras, todo lo que hemos compartido ha sido «solo sexo».

Cesare hizo una mueca.

–No es verdad. Y quiero que te quedes conmigo.

–No soy una mascota.

–Ahora me importas –Cesare se pasó una mano por la cara, agobiado–. De verdad.

Lizzie lo miró, muy seria.

–¿Te encuentras bien? Estás actuando de una forma muy extraña.

«El consejo de Goffredo», pensó Cesare.

–Estoy bien –respondió bruscamente, aunque era mentira.

Lizzie entró en el dormitorio y sacó una camiseta y un pantalón corto de la maleta. Necesitaba dar un paseo, relajarse un poco.

Cesare no estaba por ningún lado cuando bajó al primer piso, de modo que entró en la cocina, el territorio de Primo, y salió con una cesta de merienda y una botella de agua mineral. Con un poco de suerte podría pasear hasta que se hiciese de noche, luego se metería en la cama y despertaría al día siguiente dispuesta a hacer el espectáculo de la pareja feliz para Athene.

Cesare se puso furioso al descubrir que Lizzie había salido de la casa. Fue a buscarla a la playa, pero no encontró ni rastro de ella, ni siquiera huellas en la arena blanca.

Varias horas después, cansada y con los hombros un poco quemados por el sol después de recorrer la isla, que era más grande de lo que parecía, Lizzie volvió a casa. Cesare no estaba por allí y, agradecida, se sentó a cenar un asado con verduritas que solo Primo podía hacer. Luego se metió en la cama y durmió como un tronco.

Athene llegó por la mañana y Cesare lo agradeció porque solo eso sacó a Lizzie de su escondite. No se le había ocurrido pensar que pudiera ponerse tan intratable, pero entonces recordó los años que había vivido con su padre, un hombre desagradecido y crítico, y se dio cuenta de que haría falta tener mucho carácter para soportar eso.

Relajada y guapa con un vestido de colores, Lizzie acompañó a Athene a la casa de su infancia y apretó su mano cuando los ojos de la anciana se llenaron de lágrimas.

–Pensé que todo estaría irreconocible, pero este camino...

–Me enseñaste una foto una vez y he hecho que talasen los árboles para que quedase como era entonces –dijo Cesare–. ¿Quieres ver el resto de tu casa?

–Bueno, ahora esta es tu casa y la de Lizzie –dijo Athene–. Tengo tantos recuerdos de mis hermanos y ahora todos han desaparecido...

Lizzie vio a Cesare secar las lágrimas de su abuela con un gesto cariñoso y, unos minutos después, Athene estaba riendo al recordar las aventuras que había vivido allí con sus hermanos mientras Primo les servía un refrigerio en la terraza.

–Primo es un tesoro –dijo la anciana cuando Cesare, murmurando una disculpa, se levantó para atender el teléfono.

–Y cocina de maravilla. Menos mal porque yo soy un desastre –admitió Lizzie.

–¿Cesare y tú habéis discutido? –le preguntó Athene entonces, tomándola por sorpresa.

–Una discusión tonta, nada importante –logró decir, sintiendo que le ardía la cara.

–Mi nieto es un hombre muy inteligente y eso le va bien en los negocios, pero las relaciones no se le dan tan bien –comentó Athene, con un brillo burlón en los ojos–. Habrá alguna discusión de vez en cuando porque está acostumbrado a salirse con la suya y a que nadie le lleve la contraria, pero tú debes hacerlo porque le viene bien. Después de todo, cualquiera que tenga dos ojos en la cara podría ver el amor que hay entre vosotros.

La opinión de Lizzie sobre la astucia de Athene descendió unos cuantos enteros, pero logró relajarse cuando la anciana se quedó dormida bajo la sombrilla.

Suspirando, fue a buscar a Cesare al estudio.

–Debo advertirte que Athene cree que nos hemos peleado –le dijo en voz baja–. Tenemos que hacer un esfuerzo por disimular.

–¿No sería más fácil si me dirigieses la palabra? –sugirió él, sentado tras el escritorio.

–No creo que tengamos nada que hablar.

–¿Sabes a qué hora me fui a la cama anoche?

Lizzie parpadeó, desconcertada.

–¿Cómo voy a saberlo?

–Estuve buscándote por toda la isla. No había cobertura en el móvil y Primo solo pudo ponerse en contacto conmigo a medianoche. Entonces descubrí que ya estabas durmiendo.

–¿Pero por qué estabas buscándome? No me había perdido.

Cesare hizo una mueca.

–Hay muchos peligros aquí, Lizzie, corrientes, barrancos, rocas peligrosas.

Definitivamente, estaba portándose de una manera muy extraña.

–Cesare, no soy de cristal, no me voy a romper. Estoy acostumbrada a vivir al aire libre, a soportar todo tipo de clima y a tener cuidado. He vivido toda mi vida en una granja.

–¡Pero yo estaba preocupado por ti! –insistió él, frustrado

Lizzie echó hacia atrás la cabeza, su pelo rubio brillando a la luz del sol, los ojos verdes cansados.

–Pues no tenías por qué estarlo. Debería preocuparte más por lo que sentirá Serafina mientras tú y yo estamos juntos.

–Yo no tengo nada que ver con Serafina –dijo Cesare, levantándose de un salto.

–¿No?

–Era un crío cuando me enamoré de ella y estaba lleno de ideales románticos, pero ahora soy un adulto.

–Pero fuiste corriendo a su palacio la otra noche –le recordó Lizzie–. Porque fuiste allí, ¿verdad?

–¿Crees que fui allí para estar con ella?

–¿Qué voy a pensar? –exclamó Lizzie–. Te fuiste enfadado y te vi tomar la carretera que lleva al palacio de Serafina...

–¡No estaba enfadado contigo, estaba enfadado con ella! –exclamó Cesare. Lizzie dio un paso atrás para cerrar la puerta–. ¿Cómo tuvo la insolencia de hablar con mi mujer de algo que ocurrió hace diez años? No había oído nada tan estúpido en toda mi vida y fui al palacio para decirle que dejase de meterse en mi vida.

¿Sería cierto? ¿Habría hecho eso? Lizzie no sabía si creerlo.

–¿Y hablaste con ella?

–Claro que sí y te aseguro que no olvidará esa conversación. Si no fuese tan soberbia habría aceptado años atrás que preferiría arrancarme un brazo antes que volver con ella. ¿Cómo has podido pensar eso, Lizzie? –Cesare se pasó una mano para el pelo–. Una mujer que me dejó plantado para casarse con un anciano millonario, una mujer sin moral ni principios... me ofreció que volviésemos a estar juntos hace tres años y lo hizo de nuevo anoche. Y eso me enfureció.

Lizzie no salía de su asombro. No solo estaba diciendo que Serafina no le importaba sino que la despreciaba. No había nada falso en su desdén.

–¿Y la rechazaste?

–Por supuesto que sí. Jamás volví a pensar en ella –admitió Cesare–. Al contrario, en realidad creo que Matteo Ruffini me había salvado de cometer un grave error. Ningún hombre cuerdo querría a una mujer tan traicionera como Serafina.

Lizzie asintió con la cabeza.

–Te creo.

–Serafina no volverá a molestarnos a ninguno de los dos, te lo aseguro –insistió Cesare–. Me dijo que estaba aburrida del campo y que volverá a su casa de Florencia.

Lizzie creía que había pasado la noche con ella,

pero no era verdad. Y la había buscado por la isla durante horas, temiendo que hubiera sufrido un accidente. Había dejado claro que Serafina no le interesaba en absoluto... y no podía dejar de sentirse conmovida.

—Me alegro de que se vaya a Florencia. Me disgusta esa mujer —de repente, tuvo que agarrarse al respaldo de una silla—. Vaya, me mareo de vez en cuando.

—¿Eso es porque estás «un poco embarazada»? —le preguntó Cesare, ayudándola a sentarse—. Tienes que descansar más y comer mejor.

—¿Y tú qué sabes de eso?

—Seguramente tan poco como tú —admitió él—. Pero he llamado a un ginecólogo para pedirle consejo.

—¿Qué?

—Es mi hijo también —replicó Cesare, a la defensiva—. No sabía cómo cuidar de ti y he consultado con un profesional.

De repente, los ojos de Lizzie se llenaron de lágrimas. Contra todo pronóstico estaba tendiendo un puente entre los dos. Aunque no quería un matrimonio de verdad, le importaba su salud y estaba dispuesto a cuidar de ella.

Las lágrimas que había estado conteniendo desde la noche anterior empezaron a rodar por su rostro y, al verla llorar la última defensa de Cesare se derrumbó. Él había provocado ese disgusto, él la estaba haciendo llorar.

—Lo siento, no sabes cuánto lo siento —le dijo, con voz ronca.

Lizzie abrió los ojos y lo encontró de rodillas ante ella.

—¿Qué es lo que sientes?

–Siento haberte hecho daño. Durante años he tenido una regla de oro con las mujeres: no involucrar mis sentimientos. No he amado a nadie después de Serafina y entonces te conocí a ti y... pensé que sería igual contigo. Intenté respetar las mismas reglas, pero tú eres demasiado para mí. No puedo hacerlo.

–Espera un momento, ¿qué estás diciendo, Cesare?

–Que estoy loco por ti, que te quiero y que no estoy dispuesto a perderte –respondió él, en sus ojos un brillo tan sincero que Lizzie empezaba a dudar.

–Pero dijiste...

–Olvida lo que dije, estaba intentando seguir mis reglas, pero era una idiotez –la interrumpió él–. Fui a hablar con Serafina airado porque se había atrevido a disgustarte y luego volví a casa pensando en lo bruja que es ella... y en ti. Fue entonces cuando me di cuenta.

–¿De que me quieres? –peguntó Lizzie, insegura.

–Creo que me daba miedo aceptar mis sentimientos por ti, así que decidí no pensar en ellos... –Cesare vaciló–. Tú sabes que no me parezco nada a mi padre, yo no pierdo el tiempo pensando en esas cosas.

Lizzie se sintió agradablemente sorprendida al descubrir que había pensando en sus sentimientos. Por primera vez fuera del dormitorio estaba viendo a Cesare sin la fría fachada que presentaba ante el mundo y había algo enormemente enternecedor en su inepta confesión porque cada sílaba estaba cargada de sinceridad.

–¿Crees que me quieres? –le preguntó, temblando, temiendo hacerse ilusiones.

–*Sé* que te quiero. Solo tuve que pensar en lo feliz que había sido desde que nos casamos. Solo tenía que pensar en estar contigo para saber que lo que siento por ti es mucho más profundo de lo que nunca sentí por Serafina.

Lizzie por fin se atrevió a mirar la soberbia estructura ósea, la nariz recta, los labios tan masculinos. Disfrutó admirando tanta belleza porque por primera vez sentía que era suyo.

–Yo tampoco quería enamorarme de ti. Mi madre cometió tantos errores en su vida que nunca fue feliz. Temía enamorarme de ti y ser como ella –admitió Lizzie, pasando una mano por su pelo oscuro–. De verdad pensé que esto solo sería un matrimonio de conveniencia, pero entonces... no podía apartar los ojos de ti o dejar de tocarte. Eres adictivo, pero no quería que me hicieses daño.

–Espero no hacerte daño nunca, Lizzie.

–¿Por qué sigues de rodillas? –susurró ella.

–Llamé a mi padre para pedirle consejo... no le conté los detalles, pero le di a entender que había hecho una estupidez y él me dio una sola palabra de consejo: suplica.

–¿En serio? –Lizzie sonrió de nuevo.

–Solo voy a hacer esto una vez porque no creo que vuelva a meter tanto la pata, *amata mia* –Cesare se incorporó para cerrar la puerta con llave–. He aprendido de la experiencia.

Luego la levantó de la silla para envolverla en sus brazos y Lizzie apoyó la cabeza en su torso, feliz de estar con él de nuevo, respirando su delicioso aroma y libre para pensar en sus perversas habilidades en la cama.

—¿De verdad?

—Me he equivocado durante todo un mes, pero jamás volveré a cometer ese error. Yo te quiero, mi familia te quiere.

—Incluso mi padre ha dicho que eres un hombre sensato —le recordó Lizzie.

—Muy sensato. Eres una mujer maravillosa, *cara mia* —Cesare la apretó contra su torso, besándola con ansiosa pasión.

Y Lizzie estaba más que preparada para ahogarse en sus besos, en su fervor, su emoción. Sencillamente, sabía que le esperaba una vida maravillosa con su marido y su hijo.

Athene se movía por la cocina con gesto alegre.

—Espero haberlos ayudado. Cesare es muy obstinado, pero su mujer es un cielo. ¡Como si yo fuese a dormirme en medio de una conversación! —la anciana sonrió mientras hacía el pastel favorito de su nieto con ayuda del mayordomo—. Creo que esta noche cenaremos solos, Primo...

Tres años después, Lizzie estaba relajada en la terraza de la casa de Lionos, esperando que Cesare volviese de un viaje de trabajo.

Sus hijos estaban con ella. Max, de dos años, que había heredado el pelo rubio de su madre y los ojos oscuros de su padre, estaba jugando industriosamente con unos cochecitos a sus pies y en el moisés, a la sombra de un árbol, una niña de seis meses, con el pelo oscuro y los ojos verdes, dormía con el puñito en la boca... y con Archie vigilando a su lado.

Gianna había sido una sorpresa, pensó Lizzie, mirando a su hija con ternura. Estaba meciendo el moisés para que la niña no se despertase cuando oyó a lo lejos las aspas del helicóptero acercándose a la bahía.

Max dejó los cochecitos y corrió a su lado.

—¡Papá, papá! —exclamó, sabiendo lo que ese ruido presagiaba.

Lizzie acarició el sedoso pelo de su hijo. Siempre disfrutaría del sol y la paz de Lionos, que pronto sería rota por la emocionante presencia de Cesare... y estaba deseando. Tres años no habían empañado la química que había entre ellos.

Athene pasaba la primavera y el verano en la isla, pero prefería su apartamento en Roma durante el invierno. Lizzie le había tomado un gran cariño a la abuela de su marido, tanto como al resto de su familia. Eso y convertirse en padre había hecho a Cesare más sensible hacia sus parientes. Estaba mucho más relajado que antes entre su alegre y despreocupada familia, que los visitaban a menudo, ya fuese en la isla, en la Toscana o en Londres. Lizzie solía bromear diciéndole que si seguía casada con él era porque no podría vivir sin su familia.

Tristemente, desde su matrimonio veía menos a su padre y su hermana. Brian Whitaker había ido a visitarlos alguna vez, pero no le gustaba la comida o que la gente hablase en otro idioma. En fin, su padre seguía siendo el mismo de siempre.

Lizzie le había comprado una casa en el pueblo donde creció y parecía feliz allí. Tenía un buen seguro médico y estaba tomando un medicamento nuevo para su enfermedad que parecía hacer efecto.

Curiosamente, aunque Chrissie había ido muchas veces a visitarlos, porque iba con Cesare cuando estaba en Londres, se había vuelto fieramente independiente y tenía secretos que no quería compartir.

Cesare le había aconsejado que la dejase defenderse por sí misma ya aquí Chrissie era una chica valiente e inteligente. A Lizzie le gustaría ir a Londres y mover su varita mágica para solucionar todos sus problemas, pero debía aceptar que su hermana, a la que tanto quería, era una adulta y tenía derecho a tomar sus propias decisiones... y cometer sus propios errores. Dicho eso, seguían teniendo una estupenda relación.

El helicóptero por fin apareció en el cielo azul y descendió entre los árboles. Max fue a buscarlo a la carrera, seguido de Archie.

–Venga, ve –escuchó una voz a su espalda–. Yo me quedaré con Gianna.

Lizzie apretó la mano de Athene y salió corriendo tras su hijo como una adolescente. Cesare miró a su mujer, con el pelo alborotado y los ojos brillantes de amor y dejó a Max en el suelo para abrazarla.

–Te he echado de menos –se quejó Lizzie.

–Lo siento –dijo él, acariciando su cara y preguntándose si sería capaz de admitir que había trabajado día y noche para volver lo antes posible. Echaba de menos a su familia cada vez que los dejaba atrás y planeaba complicados calendarios de viaje para minimizar sus ausencias.

–No debería quejarme –murmuró Lizzie, apretándose contra el cuerpo de su marido.

–No estás quejándote. Me has echado de menos y yo a ti, *amata mia* –dijo él, con voz ronca–. Somos muy afortunados por habernos encontrado.

Max y Archie corrieron de vuelta a la casa y Cesare se detuvo para tomarla por la cintura y mirarla a los ojos.

–Estoy loco por ti, *signora Sabatino*.

–Y yo por ti –Lizzie echó la cabeza hacia atrás en un gesto invitador y disfrutó del beso como si fuera el mejor de los manjares.

Cesare estaba en casa y un arco iris de felicidad la hacía sentir radiante.

***

Podrás conocer la historia de Chrissie Whitaker en el segundo libro de la serie *Lazos de oro* del próximo mes titulado:
LOS HIJOS SECRETOS DEL JEQUE

Acepte 2 de nuestras mejores novelas de amor GRATIS

¡Y reciba un regalo sorpresa!

Oferta especial de tiempo limitado

Rellene el cupón y envíelo a
Harlequin Reader Service®
3010 Walden Ave.
P.O. Box 1867
Buffalo, N.Y. 14240-1867

¡Si! Por favor, envíenme 2 novelas de amor de Harlequin (1 Bianca® y 1 Deseo®) gratis, más el regalo sorpresa. Luego remítanme 4 novelas nuevas todos los meses, las cuales recibiré mucho antes de que aparezcan en librerías, y factúrenme al bajo precio de $3,24 cada una, más $0,25 por envío e impuesto de ventas, si corresponde*. Este es el precio total, y es un ahorro de casi el 20% sobre el precio de portada. !Una oferta excelente! Entiendo que el hecho de aceptar estos libros y el regalo no me obliga en forma alguna a la compra de libros adicionales. Y también que puedo devolver cualquier envío y cancelar en cualquier momento. Aún si decido no comprar ningún otro libro de Harlequin, los 2 libros gratis y el regalo sorpresa son míos para siempre.

416 LBN DU7N

Nombre y apellido	(Por favor, letra de molde)
Dirección	Apartamento No.
Ciudad	Estado	Zona postal

Esta oferta se limita a un pedido por hogar y no está disponible para los subscriptores actuales de Deseo® y Bianca®.
*Los términos y precios quedan sujetos a cambios sin aviso previo.
Impuestos de ventas aplican en N.Y.

Deseo

LOS DESEOS DE CHANCE

SARAH M. ANDERSON

Chance McDaniel lo había tenido todo muy difícil desde que su mejor amigo lo había traicionado. El escándalo ya había estallado cuando apareció en escena Gabriella del Toro, la hermana de su amigo. La suerte de Chance estaba a punto de cambiar. Deseaba a aquella mujer bella e inocente y, de repente, seducirla se convirtió en su prioridad.

Gabriella, que había crecido sobreprotegida y siempre había querido más, vio en aquel rico ranchero la oportunidad de ser libre. ¿Sería capaz de evitar la telaraña de engaños tejida por su propia familia?

*¿Conseguiría Gabriella todo
lo que siempre había soñado?*

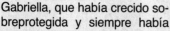

¡YA EN TU PUNTO DE VENTA!

Bianca.

Gobernado por el deber… movido por el deseo

El jeque Zafir, un rey entre los hombres, no podía permitir que la emoción o los sentimientos afectaran a su razón. Debía controlar sus deseos carnales para asegurar la paz en su reino. No obstante, Fern Davenport, una mujer sensual, puso a prueba su autocontrol. Zafir tenía que poseerla.

La inocente Fern Davenport intentó resistirse a los encantos del jeque, puesto que sabía que nunca se casaría con ella. Sin embargo, bajo el sol abrasador se despertó una sed incendiaria, y la consecuencia de una noche increíble sería duradera.

¡Por tanto el jeque tuvo que reclamar a su heredero y a su esposa!

Un jeque seductor

Dani Collins

[5]